OSSE

Manik Sarkar

Ossenkop

Roman

HOLLANDS DIEP
AMSTERDAM
2024

Omslagontwerp: Beeldzorg, Antwerpen
Typografie: Crius Group, Hulshout
Foto auteur: ©Jan Reinier van der Vliet

ISBN 978 90 488 6269 6
ISBN 978 90 488 6270 2 (e-book)
NUR 301

www.hollandsdiep.nl
www.overamstel.com

OVERAMSTEL
uitgevers

Hollands Diep is een imprint van Overamstel Uitgevers bv

Voor de ossenkoppen

Het slachten van vee als ambacht is een mooi werk. Niet om het doden, in tegendeel, dat speelt geen rol, maar wel om de handelingen die hieruit voortvloeien. Het is een natuurlijk wezen dat bewerkt moet worden en iedere slager, die liefde voor zijn vak heeft, zal trachten, dit kostbaar object op de juiste manier van huid en organen te ontdoen daarbij rekening houdend dat niets geweld wordt aangedaan, dus ook de natuurlijke hechtingen en scheidingen worden gevolgd. Hij is als een chirurg, die op vakkundige wijze en met vaardige hand zijn mes hanteert!

J. Meyer en Z. van der Zwaag in: drs. J.W. Baretta e.a. (red.), *Handboek voor de slager*, 1955

1

Als het enige waarop je je kunt baseren een groot, levend beest op een koude ochtend op de veemarkt is, bij wie de damp tijdens het uitademen uit de neusgaten komt, dan moet je weten dat je je hand op de kossem moet leggen om te controleren of het vlees droog is, dat je bij iedere stap van het dier moet opletten of het niet hinkt, of het vlees bij de hals terugveert als je er met je vinger op drukt en dat je als dat niet zo is op je eigen inzicht moet vertrouwen, ook als de veehandelaar met glimmende rode wangen, een portefeuille vol honderdjes en een flesje brandewijn in zijn binnenzak zegt dat het een topdier is, niks mis mee, vertrouw op mijn ervaring, jong, ik heb je opa nog gekend. En voordat je in één oogopslag kunt zien of je een vlees- of een spekvarken voor je hebt moet je er toch eerst honderden hebben bevoeld en opgemeten; maar de jonge Rensing had voor deze dingen een natuurlijke aanleg, misschien vanwege de van kop en poten ontdane runderrompen die hij al in zijn vroegste herinnering op de burrie door de slachtruimte duwde totdat hij voor straf naar boven moest. Met een enkele blik kon hij een gezond dier van een ziek dier onderscheiden, een goede snede van een slechte, mals van taai, jong van oud. En zo kon het dat hij in het laatste jaar van de Slagersvakschool op een marktdag bij de achteringang van de slachtruimte stond toen zijn vader het aangeschafte rund uit de aanhanger laadde, en zodra hij het dier zag zei: 'Die is nat.'

Zijn vader reageerde niet, leidde het dier door de dubbele deur de betegelde slachtruimte in.

'Zeiknat,' zei hij.

Zijn vader bond het dier aan de ring in de wand en klopte op de nek om het te kalmeren. Hij liep naar het kledingrek en trok een witte jas aan. Rensing deed hetzelfde.

'Welnee,' zei zijn vader, terwijl hij de jas dichtknoopte. 'Kijk maar.' Hij drukte met zijn vingers in de vlezige borst; ze lieten geen indruk achter.

Het dier volgde de twee mannen met haar ogen. Ze zag hoe de ene witte rubberlaarzen aantrok en het penapparaat uit de stellingkast haalde, en ze voelde de kalmerende hand die de andere op haar snuit legde. Ze liepen om haar heen, die mannen, deden hun best om haar niet aan te kijken. Een van hen begon te fluiten.

Ze snoof onrustig. Een apparaat veroorzaakte een brommend geluid. Het was schemerig en glad, het rook hier onbekend, heel anders dan in de zachte warmte, de geur van rottend stro en aarde waar ze zo van hield.

De ene man ging een eindje van haar vandaan staan; de andere stond recht voor haar. Ze voelde dat hij met zijn vinger een lijn trok vanaf de stomp van haar linkerhoorn naar haar rechteroog, toen van de stomp van haar rechterhoorn naar haar linkeroog. Op het snijpunt van die twee lijnen plaatste hij een koud, hard apparaat op haar huid. Ze hoorde een geluid, eerst zacht, daarna harder, ten slotte oorverdovend. Toen hoorde ze niks meer.

Ze merkte niet dat de andere man een lus om haar achterpoot sloeg en een lier in werking stelde die haar langzaam van de grond hees. Ze merkte ook niet dat er een grote teil onder haar werd neergezet en dat haar keel werd doorgesneden zodat ze leegbloedde.

Haar hart klopte door, en bij iedere slag kwam er een guts bloed uit haar slagader, maar de gutsen werden kleiner, haar hart klopte steeds zachter en op zeker moment sloeg het voor het laatst.

Nu hing ze aan haar linkerachterpoot aan het plafond, onthoofd en uitgebeend.

'Als 't niet waar is,' zei Rensing senior ademloos. 'Drijfnat.'

'Zei ik toch,' antwoordde zijn zoon.

'Hoe wist je dat dan?' vroeg zijn vader.

Er kwam geen antwoord.

Rensing senior wist dat zijn zoon bepaalde kwaliteiten had die de zijne ver overtroffen, maar terwijl hij de tong uit het strottenhoofd sneed voelde hij onrust opwellen over de talenten waar het zijn zoon aan ontbrak en daarmee, eerlijk is eerlijk, ook de angst dat zijn winkel na zijn dood te gronde zou gaan. Rensing senior had niet alleen een zoon maar ook een dochter – de winkel – en hij moest een manier vinden om de ongemakkelijke verhouding tussen zijn nageslacht te beslechten.

Het klinkt misschien flauw om te zeggen dat het goed begon, maar dat was wel zo. Want de jonge Rensing, die eenentwintigjarige slagerszoon, was de beste leerling die meneer Tjalling, docent Slacht en Vleesverwerking, ooit door de gangen van de Leeuwarder Slagersvakschool had zien lopen. Die stille, afzijdige jongen met een Gronings accent tussen Friese reuzen, die zijn messenset met evenveel zorg omkleedde als zijn medeleerlingen hun pik, had dan misschien een paar zwakke plekken waar je niet omheen kon, maar zodra je hem losliet op een slachtdier – ontstónden er dingen. Meneer Tjalling was geen dromer, nooit geweest ook, hij was een zware man met zeemansbenen, maar als die jongen in de weer was met het staal, als hij feilloos de dikke zeen van het schaambeen en de vliezen van de bijkogel verwijderde, dan wist je dat je iets bijzonders zag.

Op de examenvergadering vocht hij met De Vries van boekhouden, Zwezerijnen van handelskennis, Rüngelohr van Promotie en Etaleren. Hij zei dat die jongen anders was dan de anderen, dat ze hem een kans moesten geven, dat hij persoonlijk voor hem instond. Die anderen gaven niet om uitblinkers, die hechtten eraan dat de leerlingen die ze afleverden over een allround geheel van competenties beschikten. Tjalling praatte net zo lang op ze in tot ze zwichtten, niet omdat hij ze overtuigde maar omdat ze naar huis wilden, want wat deed het er uiteindelijk ook toe, die jongen had genoeg warenkennis om niemand te vergiftigen en tja, als zijn zaak failliet zou gaan, dan moest dat maar; dus streepten ze de drie, vierenhalf, vijf die ze op de voorlopige cijferlijst hadden gezet door en vervingen hem door een zes min, en Rüngelohr zette met zijn groene inkt wel vijf minnetjes achter de zes om te laten zien dat het, wat hem betreft, écht kantje boord was geweest.

De diploma-uitreiking vond plaats op een donderdag in mei, een werkdag, waardoor Rensings ouders er niet bij konden zijn. Toen zijn naam werd geroepen en hij naar voren liep, klonk er beleefd applaus. Hij nam het diploma in ontvangst en de docenten schudden hem vormelijk de hand; alleen meneer Tjalling kneep kort zijn ogen dicht en fluisterde 'Gefeliciteerd'.

Met zijn medeleerlingen had Rensing nooit veel contact gehad. Degenen die uit de stad kwamen – Groningen, Leeuwarden, Heerenveen – leken in een andere wereld te leven dan hij. En bij degenen die net als hij waren, zonen van vaders met dorpsslagerijen die ze op een kwade dag – de sterfdag van de vader – zouden overnemen, hield hij zichzelf voor dat het kwam doordat ze flinke afstanden moesten afleggen, met de bus of de brommer of de fiets, zodat ze weinig tijd overhielden om vriendschappen te onderhouden. Maar eigenlijk wist hij dat dat onzin was. Onderling knoopten ze immers wel vriendschappen aan. Het kwam erop neer dat hij op zijn klasgenoten neerkeek – omdat ze zichzelf geen slagers maar middenstanders noemden, omdat ze hun dieren niet op kwaliteit maar op winstgevendheid selecteerden – en ze die minachting aanvoelden. En later bedacht hij dat je kunt theoretiseren zo lang als je wilt, maar dat het er gewoon op neerkwam dat sommige mensen geen talent voor mensen hebben. En mensen, dat zijn klasgenoten, klanten, fijnproevers, leveranciers, dorpsgenoten, leden van winkeliersverenigingen, hypotheekverstrekkers, vleeskeurmeesters, vergunningverleners, buren, ouders, echtgenotes.

Voor Rensing was het beste dat voortkwam uit de Slagersvakschool dat hij 's avonds, na de busreis met de wijnrode diplomakoker op schoot, bij binnenkomst op de door zijn moeder gedekte tafel naast zijn bord een groot pakket zag liggen, ingepakt in vetvrij papier, dichtgebonden met rolladetouw. Zijn vader zat al op zijn vaste plek en gebaarde zijn zoon om plaats te nemen op de stoel tegenover hem, de stoel waar hij altijd op zat, twee keer per dag, voor het ontbijt en het avondeten, maar die vandaag iets anders was, een troon voor de kroonprins.

Rensing nam plaats. Het was een broodmaaltijd. Zijn moeder had staartstuk gebakken en de pan met jus stond op tafel.

'Zo,' zei zijn vader, en hij knikte met zijn dikke rode hoofd. 'Ik heb iets voor je, mjong.'

Hij stond op en liep om de tafel heen, pakte het pakket en gaf het aan zijn zoon. 'Hier,' zei hij.

Zelf stamde hij uit de tijd dat de vakschool nog niet bestond, dat je alles van je vader leerde, inclusief de fouten die al eeuwenlang van generatie op generatie werden doorgegeven. En iedere generatie voegde weer nieuwe fouten toe. Wel had hij de Handelsschool doorlopen, en hij was erin geslaagd de thuisslachterij van zijn vader uit te bouwen tot een heuse winkel. En nu zat zijn opvolger tegenover hem, die er misschien in zou slagen een tweede, derde, vierde winkel te openen, maar die in elk geval voor deze winkel zou zorgen. Dat zijn zoon voor sommige dingen geen talent had, dat hij meer om de waren dan om de klanten gaf was problematisch, maar vast niet onoplosbaar. En dus zei hij: 'Maak maar open,' en zijn zoon trok aan de uiteindes van het rolladetouw, vouwde het vetvrije papier open, omzichtig omdat hij aanvoelde dat dit een plechtig moment was – en hield toen een groot, in jong, wijnrood kalfsleer gebonden boek in zijn handen waarop in gouden diepdrukletters stond: *Handboek voor de slager*. Achthonderd bladzijden schoon aan de balk, met een voorwoord van de minister van Landbouw, Visserij en Voedselvoorziening. Eerbiedig bladerde hij het door, voorzichtig dat de band niet knakte.

Het liefst was hij direct naar boven gegaan, naar zijn kamer, en had hij dit boek, waarover hij al meermalen bij zijn vader had aangedrongen dat ze dat absoluut in het bedrijf moesten hebben, van kaft tot kaft gelezen: *Vleeswaarbereiding. Moderne winkelinrichting. Nieuwe inzichten uit omringende landen. Eigenaardigheden van de slacht van minder courante diersoorten.*

Hij keek zijn ouders aan, eerst zijn vader, toen zijn moeder. Ze zei: 'Als je er maar zuinig op bent. Dat ding heeft honderdtwintig gulden gekost.'

In de warrige periode na de diploma-uitreiking zat hij hele dagen aan de keukentafel in het Handboek te lezen en dan ervoer hij een diep geluksgevoel. Zijn vader liet de plakkaatschilder komen, die voor de winkelruit op zijn ladder klom en '& Zn.' achter 'Slagerij Rensing' plakte. Nu stond de tekst niet meer gecentreerd, maar, zo had zijn vader besloten, dat zorgde er juist voor dat de winkelruit een verhaal vertelde. Toen de schilder aanbood de andere letters meteen even op te frissen, had hij dan ook bijna nee gezegd.

Ondertussen zat zijn zoon urenlang te lezen en ervoer een duizeling, een roes haast, als hij las over de veelzijdigheid van het materiaal en wat je allemaal kon doen om er de optimale vorm aan te geven. Alles wat hij op de Slagersvakschool had geleerd kwam samen. Honderd dingen wist hij al, het honderd-en-eerste sloeg hij op in zijn methodische geheugen. Alle stappen speelden een rol, en als je één ervan verwaarloosde, had dat invloed op het eindproduct. Zelfs bemesting, keuring en voeding werden besproken – zaken waarmee je je als slager niet bezig hoefde te houden, maar die wel deel uitmaakten van de keten die in zekere zin begon bij de landbouwkundigen, die altijd nieuwe manieren bedachten om de fok en vleesproductie in steeds grotere mate te beheersen, verderging langs veetelers, marktmeesters, veetransporteurs en handelaren, en ten slotte eindigde bij de groep waartoe hij zelf behoorde: het slagerijwezen. Het was een bloedbroederschap, geheel en al gericht op hetzelfde doel, namelijk worsten, fricandeaus en kalfslevers afleveren die op vakbeurzen links en rechts medailles konden winnen.

De keten gaf hem het gevoel van verbondenheid dat hij in het dorp en op de Slagersvakschool had gemist. En hij was er het eindpunt van. Natuurlijk kon je zeggen dat die tartaartjes nog worden gebakken, dat de rookworsten op de stamppot in de pan worden gelegd en dat ze daarmee energie verschaffen die voor allerlei doeleinden kon worden aangewend, zodat je in theorie nog oneindig veel schakels aan de keten kon toevoegen, maar dat was een gedachte-oefening en niet meer dan dat, want zijn verantwoordelijkheid, zijn vermogen om iets te veranderen, was dan al opgehouden. Hij kon weigeren zieke kalveren te slachten, hij kon corrupte keurmeesters melden bij de inspectie, hij kon zijn mes extra grondig slijpen voor een zo zuiver mogelijke snede, maar op de baktijd van een tournedos of de hoeveelheid ham die een huisvrouw bij de asperges legde had hij geen enkele invloed, en daarom maakte hij er geen gedachte aan vuil.

Vrijdagnacht was het, en het liep tegen twee uur. Rensing lag in het Slagershandboek te bladeren. Af en toe was hem iets niet duidelijk, dan liep hij de trap af naar de winkel om een snijrand te bevoelen of een stuk vlees uit de koeling te halen dat hij bekeek en beklopte.

Ditmaal wilde hij zien hoe je bij het verwerken van de achtervoet van een kalf het spierstuk vanzelf uit het vlees kunt laten rollen door de witte zeen aan de onderzijde heel te laten. Zijn vader sneed te ver door, helemaal tot in de dikke lende, en dan was er geen weg meer terug.

In de koelcel lag een onverwerkte bovenbil en hij wilde het uitproberen. Hij deed de lampen in de winkel aan; het warme schijnsel van de gloeilampen was het enige licht in de donkere straat. Er was niemand te zien.

Doodse stilte.

Rensing pakte het biefstukmes, bleef onbeweeglijk staan, en keek door de grote etalageramen naar de straat. Het was begin juli, het was een broeierige dag vol geuren geweest.

Opeens wilde hij naar buiten. Vanwege de stilte misschien, of de lucht die nog steeds lauw zou zijn. Hij liep zachtjes naar de deur, maakte de winkelbel los zodat zijn ouders niet wakker zouden schrikken, haalde de deur van de knip en stapte op de klinkers. Daar stond hij, de enige bewoner van de nacht. Ietwat onwennig, mes in de hand. Hij keek, luisterde, rook. Broeiend hooi. Silhouetten van huizen. Een wassende maan. In de verte een uil.

Hij dacht aan al die mensen die in hun huizen lagen te slapen. Door de muren heen keek hij de kamers in. Daar lagen ze. De Ansings, de Staghouwers, de Nielands. Voordeur, hal, trap op. Slaapkamer, tweepersoonsbed. Kinderkamer of juist niet.

Ik kan gaan lopen, dacht hij. De straat uit. Het dorp uit. Over twee uur kan ik in de stad zijn. Dan met de trein naar Hoek van Holland. De boot naar Engeland of naar Amerika. Ik kan verdwijnen. Niemand hoeft ooit nog van me te horen. Eén tas: het handboek, mijn diploma en mijn messenset. Ik kan overal heen waar vlees is. De wereld zien. De slachthuizen van Chicago bezoeken. De bergen bij Kobe doorkruisen waar de wagyu's grazen. Wandelen door de straten van Trevélez, in de Sierra Nevada, waar in ieder huis serranohammen te drogen hangen die het dorp permanent in een vettige lijkengeur hullen.

Er was niets wat hem tegenhield. Hij zou overal aan de slag kunnen. Hij kon zich meten met de beste slagers van de wereld. Vraag maar aan meneer Tjalling, die zonder een woord te zeggen had toegekeken hoe hij op de Slagersvakschool het schouderblad met de punt van het mes omhoog wipte en met zijn vingerspitsen had gevoeld hoeveel vet hij aan de schouder moest laten zitten om speksnippers te voorkomen. 'Alsof je al wist wat je moest doen voordat je begon,' had hij gezegd. En dat had Rensing vooral verbaasd omdat het waar was, omdat hij het misschien inderdaad al had geweten.

Maar tegelijk besefte hij: hij hoefde niet weg. Hij had zijn wereld al, die lag voor hem op de snijplank. Die hing aan een haak boven een witte tegelvloer, lag geduldig bij min vierentwintig in de vriescel te wachten tot hij gereed was. Dat was de wereld die hij te lijf wilde gaan, met het lange dunne mes, net zo lang tot die er precies zo uitzag als hij wilde.

Hij hoefde nergens heen.

Hij draaide zich om en keek naar de verlichte winkelruit, naar het '& Zn.', dat net een andere kleur had dan de rest, naar het krijtbord achter het raam, waarop in zijn vaders hoekige handschrift stond dat de hamlappen deze week slechts negenenzeventig cent per honderd gram kostten. Deze plek, deze winkel, dit dorp was zijn bestemming. Hij was precies waar hij moest zijn, hier zou hij zo vaak als hij kon een trage, bloedige dans uitvoeren met de mooiste runderen die er bestonden; hij zou de wereld leren om aan te raken, te proeven, te ruiken; en in gedachten zag hij toprestaurateurs uit alle windstreken naar zijn winkel komen omdat ze alleen met het beste genoegen namen, en toen hoorde hij een stem, een onbehouwen stem, de stem van Tammo, zijn voormalige klasgenoot, die vroeg: 'Zo mjong, zo laat nog op straat?'

Tammo sprong van zijn fiets en stak een hand naar hem uit, en Rensing had een seconde nodig om hem aan te pakken.

'Nog aan het werk?' vroeg Tammo, en hij keek naar het mes in Rensings hand.

'Mwah,' zei Rensing. Een tweede fiets kwam knarsend tot stilstand: Jurgen, die in de klas naast Tammo had gezeten. Die kennelijk te stoer was om te groeten want hij trok een pakje Samson uit zijn kontzak en begon woordeloos te rollen.

'Waar komen jullie vandaan?' vroeg Rensing.

''t Is toch kermis, jongen,' antwoordde Tammo.

'Wieven kieken,' meende Jurgen te moeten toevoegen.

'Kieken ja, verder kom jij niet,' zei Tammo. En tegen Rensing: 'Klaar met je opleiding?'

'Ja,' zei Rensing. 'Jij?'

'Ja,' zei Tammo. 'Ga je bij pa in de zaak?'

'Ja,' zei Rensing. 'Jij?'

'Ja.'

Een half shaggie lang stonden ze daar; toen viel het gesprek stil, gooide Jurgen de peuk weg en sprongen Tammo en hij weer op hun fietsen.

Het shagje lag na te gloeien op de klinkers.

Het was koud geworden. De lucht was betrokken, de sterren waren weg.

Hij ging weer naar binnen.

Zijn hele volwassen leven was Rensing een zware man, fors, hoog, rechthoekig, met een breed gezicht. Hij was sterk geworden van de karkassen die hij van de haak haalde, de zware zagen die hij hanteerde, de ingewanden die hij als een baal nat wasgoed naar het pekelbad tilde. Als kind was hij vooral een onvolgroeide versie van die man geweest, die leek te wachten tot hij het benodigde gewicht had om de winkel over te nemen.

Bij zijn geboorte controleerde zijn vader hem op gebreken. Rensing huilde weinig; met veertien weken lachte hij voor het eerst, met achtentwintig weken kwam zijn eerste tandje, met dertien maanden kon hij staan en zitten. Zijn peuterjaren bracht hij grotendeels door in een hoge kinderstoel die in het halletje tussen de winkel en de slachtruimte stond, en van daaruit bezag hij zijn wereld. Met ronde ogen keek hij hoe zijn vader de dieren naar binnen bracht, onhandig op hun gemak stelde en ten slotte de kollesteek tussen twee rugwervels stak, waardoor de poten het begaven en ze ter aarde stortten. Als zijn stoel de andere kant op stond zag hij de winkel, waar zijn moeder, en soms zijn vader, de klanten te woord stond. Urenlang keek hij toe hoe zijn moeder cervelaat op de snijmachine legde en de dikte instelde, en vaker wel dan niet op precies anderhalf ons uitkwam. Hij zag ook hoe ze de klanten begroette, naar familieleden vroeg en over het weer of de krantenkoppen sprak. Zijn vader stond de klanten bondiger te woord, zei alleen het hoognodige over prijzen per honderd gram, gewichten en af te rekenen bedragen. En de kleine Rensing vond zijn vader overtuigender, want ook al was hij te klein om zulke dingen bewust op te merken, hij zag dat de glimlach van zijn moeder verdween op het moment dat de klant zich omdraaide, dat ze gefrustreerd in de toonbank kneep als dominee Vervloed te lang doorpraatte. En als de klant de winkel verliet, leek alles waarin zij een ogenblik eerder nog geïnteresseerd was haar van het ene moment op het andere geen belang meer in te boezemen. Niet dat ze huichelachtig was, in ieder geval niet meer dan ieder ander, maar bij zijn vader zag hij een soliditeit, een onwrikbaarheid: zowel met zijn rug als met zijn gezicht naar de klant was hij nors, zwijgzaam, zakelijk; en zijn onvolgroeide hersenen konden die consistentie gemakkelijker bevatten en gaven er daarom de voorkeur aan.

Als de school uit was speelde hij het liefst alleen, met de slijpstok als zwaard en de oude geldla als schild. Maar zijn moeder besefte dat zijn klasgenoten zijn hele leven in zijn omgeving zouden blijven: het dorp was niet groot, er was één peuterschool, één speelveldje, één café. De instroom van nieuwe inwoners was beperkt, de vrienden die je op je vierde maakte waren dat op je veertigste nog steeds. Voor zijn achtste verjaardag organiseerde ze een feestje, ook al smeekte hij haar om dat niet te doen.

Cadeautjes hoefde hij niet. Speelgoed vond hij kinderachtig, hij die al omringd werd door staal, bottenzagen, vlijmscherpe messen, voor wie de dood meer was dan een verzinsel waarbij je je ogen moest dichtknijpen en dat na twee minuten voorbij was. Als er dan toch een feestje moest komen wilde hij het in de slagerij houden, waar je kon boksen met halve runderen, op de burrie kon rijden, varkensblazen kon opblazen en als een Tarzan aan vleeshaken kon zwaaien. Maar dat mocht natuurlijk niet, zijn moeder zei dat het feestje gewoon boven, in de woonkamer zou zijn. En nu ze haar zoon twee keer achter elkaar een veto had gegeven, vond ze dat ze hem de derde keer zijn zin moest geven, en zo kwam het dat Rensing zijn klasgenootjes aan het einde van het feestje geen snoepzakje mee naar huis gaf, maar de lens uit een koeienoog.

Zelf had Rensing zo'n lens al sinds zijn peutertijd. Die kon alle vormen aannemen, die kon je kneden om hem scherp te stellen en dan functioneerde hij als vergrootglas. Maar natuurlijk raakten alle vier zijn gasten de lens kwijt zodra ze thuiskwamen omdat hun ouders ze vol afgrijzen met een wc-papiertje in de vuilnisbak gooiden.

Wie geeft er nou slachtafval aan kinderen? Het deed Rensings reputatie geen goed, en hoewel geen van de ouders dat expliciet met hun kind besprak, was het onvermijdelijk dat die meekregen dat er iets onsmakelijks aan die jongen zat; een randje geel vet, nog wat haren in het vel. En zo verdween Rensing tot zijn vreugde, nog voordat hij er deel van uitmaakte, uit de roulatie van het 's middags spelen. Zijn moeder had geen andere keuze dan zich bij het karakter van haar zoon neer te leggen, want de realiteit van het ouderschap is dat je je kind hooguit wat kunt bijsturen, een tikje in de goede richting kunt geven, kunt weglokken of enthousiasmeren, maar dat je invloed uiteindelijk niet verder reikt dan wat gerommel aan de opperhuid.

Rensing bracht de meeste middagen alleen in de slagerij door, omringd door vlees en vleeswaren, spelend op de witte tegelvloer, en als zijn ouders niet opletten verstopt in de koelcel, waar hij de pooljager was en de halve runderrompen de ijsberen die hij moest bevechten. Zijn schooldagen duurden lang, het voornaamste wat hij deed was wachten op de bel zodat hij terug mocht naar de winkel, zijn domein, waar hij alles wist te liggen.

In de laatste klas van de lagere school, bij meester Leen, was het op een stormachtige herfstdag zo vroeg donker dat de lichten al brandden. De hele klas zat zwijgend over de rekenschriften gebogen en meester Leen zat na te kijken toen er opeens een doffe klap door het lokaal galmde.

'Wat was dat?' vroeg meester Leen, en de leerlingen keken rond of iemand het wist.

Jans Boerema, die wist het. Ze was niet goed in rekenen en had uit het raam zitten staren, kauwend op een haarlok, met een leeg tafeltje naast haar. Haar stem was het niet gewend om aandacht te vragen, en dus duurde het even voordat de rumoerige klas doorhad dat er een koolmees tegen het raam was gevlogen; het beest sloeg nog met zijn vleugels in de modder aan de voet van het schoolgebouw, de snavel gebroken, een pootje geknakt. De kinderen verdrongen zich voor het raam; Jans was alweer vergeten, vond zelfs geen plek bij het raam. Toen riep meester Leen dat iedereen als de sodemieter op zijn plek moest gaan zitten, behalve Tammo en Jurgen – altijd Tammo, altijd Jurgen –, die hij met een lege potlodendoos naar buiten stuurde om het diertje op te halen, terwijl hij zelf naar het naastgelegen lokaal ging om versterking te halen in de vorm van meester Gaickinga. En toen Tammo en Jurgen gewichtig met de vogel terugkwamen, bogen de twee onderwijzers zich over de doos en voerden overleg.

'Hij is dood,' zei meester Gaickinga.

'Nog niet,' zei meester Leen. 'Hij fladdert nog.'

'Dat zegt niets.'

Maar toen de koolmees piepte, kon meester Gaickinga er niet meer omheen: het diertje had niet de voorkomendheid willen opbrengen om zonder morren de geest te geven en dus konden ze het niet zomaar in de prullenbak kieperen, althans niet in het volle zicht van vierentwintig paar aandachtige kinderogen. En daarom besloot meester Leen, een zelfverklaard geboren pedagoog, het voorval in te zetten voor de morele verheffing van het aan hem toevertrouwde kroost, zijn woorden wegend op een goudschaaltje omdat het een openbare school was en hij niet nog eens in de problemen wilde komen.

'Kinderen,' begon hij. 'De mens heeft een bevoorrechte positie in de wereld. Enerzijds kunnen wij genieten van allerlei voorrechten die ons gegund zijn, maar anderzijds is het een rentmeesterschap dat onaangename verplichtingen met zich meebrengt. Daarmee doel ik op het verstand en de barmhartigheid die je van een mens, een volwassene, mag verwachten. "Gij zult niet doden" leren sommigen van jullie thuis, en dat is natuurlijk waar. Maar jullie genieten bij het warm eten allemaal van een lekker stukje vlees. De soldaten die ons tegen het communisme beschermen hebben soms de taak om levens te nemen. Wat we hier hebben is ook zo'n geval. Dit arme schepseltje kan onmogelijk overleven, en in dergelijke gevallen is het onze taak om de verschillende woorden tegen elkaar af te wegen. Er staat immers ook geschreven: “Hebt uw naaste lief”, en dus moeten we dit diertje doden: omdat we het liefhebben. Wat ik nu ga doen, is geen wreedheid. Ik wil dat jullie dat goed in je oren knopen.’

Hij keek de klas rond, toen tilde hij het kleine lichaam uit de potlodendoos. De koolmees, amper bij bewustzijn, voelde de warmte van de mannenhand die zich om zijn lijfje sloot, de pijn waar de duim tegen zijn gebroken vleugel drukte – en daarna de drie vingers waarmee zijn kopje werd vastgepakt. Meester Leen vond de moed om met zijn vingers de beweging te maken waarmee je een vastgeroeste kraan dichtdraait, maar deze kraan wilde niet dicht, niet direct, en de kleine vogelhersenen moesten beelden verwerken die ze niet hoorden te zien, zijn eigen rug, zijn eigen staart, en pas na een paar seconden was de natuur genadig genoeg om de kraan dicht te draaien.

Even was het doodstil. Toen begon een meisje te huilen, zo hard dat de tranen horizontaal uit haar ogen spatten. Een ander meisje volgde, en ook bij de jongens delfde de stoerheid het onderspit. Rensing huilde niet, maar zijn gezicht was dieprood geworden.

Na school, op het plein, bleef de klas napraten. En voor het eerst voelde Rensing zich verbonden met zijn klasgenoten. Voor het eerst begreep hij iets wat de anderen altijd begrepen. En daarom ging hij nog niet terug naar de slagerij maar bleef hij staan, zijn handen in zijn zakken, zijn sjaal hoog om zijn nek gebonden.

‘Meester Leen is een dierenbeul,’ zei iemand. ‘Durft hij wel, tegen zo’n vogeltje?’ zei een tweede. ‘Lafbek!’ reageerde een derde, en Rensing zei: ‘Hij had gewoon met een hamertje de achterkant van de schedel moeten intikken.’

Wat er precies gebeurde wist hij niet, maar haast op hetzelfde ogenblik ontstond er een afstand tussen hem en de rest. De muur die even verdwenen leek te zijn, was terug – hoger dan ooit. Zijn medeleerlingen keken hem aan. In hun blikken lag afgrijzen, verbijstering, minachting, maar vooral: afwijzing.

Ze deinsden achteruit, weg van hem.

Rensing werd er volledig door overvallen. Er was iets onherroepelijks gebeurd, dat voelde hij, maar hoe, wat en waarom – dat wist hij niet.

'Het is niet goed om de nek om te draaien,' verduidelijkte hij. 'Je moet eerst de achterste hersenen uitschakelen, dan voelt-ie geen pijn.'

Jurgen gaf een duw tegen zijn schouder. 'Ga toch naar huis,' zei hij. 'Dierenbeul.'

Hij deed zijn mond open, wilde iets zeggen, wist niet wat.

'Je bent een moordenaar, net als je klotepa,' zei Tammo.

Hij had geen andere keus dan weg te lopen. Zijn klasgenoten keken hem na. Dierenvrienden waren het. Ze hielden van alles wat leefde, behalve van de kippen waar ze de botten van afkloven, de varkens die hun moeders voor ze roosterde, de pissebedden die ze vertrapten, de vliegen die ze de vleugels uittrokken en vervolgens aan hun lot overlieten, de naaktslakken waarover ze zout strooiden, de kikkers die ze met een rietje opbliezen – want dat zijn dingen die dorpskinderen nou eenmaal doen, die horen bij het opgroeien, die maken deel uit van de overgang van jongen tot man.

Rensing ging naar huis. Naar de winkel, waar het vlees was, dat hij snapte.

De zomer tussen de lagere school en de eerste lesdag op de dorpsmavo was de mooiste tijd van Rensings leven. Hij dacht aan niets anders dan vlees, aan de trots die hij voelde bij het bedienen van de cutter of de wolf, bij het uitladen van de varkens die zijn vader op de markt in Zuidlaren had uitgezocht, bij het slijpen van de messen, bij het afzuigen van de vetvangput.

Tot september, wanneer zijn klasgenoten en hij elkaar in de brugklas van de dorpsmavo zouden terugvinden, mocht hij zijn vader van 's ochtends tot 's avonds helpen, niet alleen met eenvoudige, ongevaarlijke klussen in de winkel, maar nu hij twaalf was en zijn vader hem met het uitbeenmes vertrouwde ook in het hart van het bedrijf, met zijn laarzen in het bloed, achter de knoppen van de vleesvermalser, en zelfs met de hakbijl. Op veemarktdagen stonden ze om vier uur op. Zijn vader had vaste leveranciers van wie hij wist wat hij kon verwachten: niet het beste vee, maar ook niet het slechtste. En als na de snelle transactie de levende keuring plaatsvond stond Rensing er met zijn neus bovenop wanneer de ambtenaar tong, tandvlees en lipvlakken keurde op houttong en mond-en-klauwzeer, en daarna de uier en de rechterliesplooiklier betastte op zoek naar oedemen. Zesenhalve week kon hij doen wat hij wilde. Hij hoefde niet aan school te denken, aan klasgenoten, aan meesters, aan nutteloze vakken als geschiedenis en tekenen.

Op een dag mocht Rensing voor het eerst een dier doden, een oude, onverkoopbare, ziekelijke kip die zijn vader speciaal voor dit doel had aangeschaft. Na het ontbijt haalde hij het beest uit de papieren zak waarin het al sinds de vorige middag zat opgesloten.

De omgang met verse stukken lijk boezemde de jongen geen ontzag meer in. Ook tegen dit doodmaken, al was het dan de eerste keer, zag hij niet bijzonder op; het was een onvermijdelijke consequentie, de bestaansreden zelfs, van het leven waarvoor hij was voorbestemd, de winkel van zijn vader, de eetpatronen in dit deel van de wereld – kortom: van de cyclus van leven en dood die al tienduizenden jaren bestond en waarvan alles erop wees dat die nog tienduizenden jaren zou voortbestaan. Hooguit voelde hij afkeer voor de toestand waarin het dier verkeerde, want hoewel hij nog niets van de uitgebreide kennis en intuïtie over vee en vlees had vergaard waarover hij later zou beschikken, had hij genoeg levende have zien passeren om direct te beseffen dat dit een wel erg armetierig exemplaar was. En ook al kon hij dat gevoel nog niet in een concrete gedachte omzetten, hij nam het zijn vader kwalijk dat hij zo'n erbarmelijk schepsel had uitgekozen.

Wie haar op dat moment voor het eerst zag, zou denken dat het haar lotsbestemming was om als oefenmateriaal te dienen voor een twaalfjarige met een hakmes; maar Rensing wist niet dat ze ooit een prijsdier was geweest, rond en weldoorvoed, met stralend witte veren en een kloeke borst, die reusachtige eieren legde en door de andere kippen met ontzag uit de weg werd gegaan. Nu de vader haar oppakte, verzwakt als ze was door snotziekte, nu ze niet krijste maar kraakte en met haar snavel halfopen hijgde, happend naar lucht na de afschuwelijke nacht in de papieren zak, voelde ze angst, machteloosheid, honger, ellende: ze voelde zich zoals niets of niemand zich ooit wil voelen. Ze was ver van alles wat haar vertrouwd was, er werd aan haar getrokken en op haar geduwd en ze had niet eens de kracht om zich te verweren. Vroeger zou ze om zich heen hebben gepikt met een snavel die niet bij het minste of geringste afbrak; ze zou met haar eeltige klauwen hebben gezwaaid, met haar vleugels hebben gemept naar alles wat het waagde om haar aan te raken – maar nu was ze oud en ziek, en het was zo'n oneerlijke strijd, zeker nu dat kleine mens, dat kind nog, van het grote mens een glimmend mes in zijn hand gedrukt kreeg, waarna het grote mens zijn ene hand op de zijkant van haar borst en de andere op haar kop legde en ze een beetje uit elkaar duwde zodat haar hals, haar dunne, schamele hals, werd uitgerekt en onbeschermd en bloot op het eikenhout lag, en als ze de menselijke taal machtig was geweest zou ze horen hoe die grote man het kind uitlegde dat hij niet te hoog moest hakken, dat hij moest voorkomen dat een deel van de hersenstam met het zenuwstelsel verbonden zou blijven omdat ze dan nog minuten- of zelfs urenlang zou rondstappen, log en wankel als een dronken poetsvrouw. Maar gelukkig begreep ze hun taal niet, en het laatste wat ze registreerde was hoe het hakmes in de hand van het kleine mens als een schicht naar beneden kwam en haar nek doorkliefde, en een halve tel voelde ze in iedere vezel van haar lichaam een intense pijn. Toen doofde ze uit.

Rensings middelbareschooltijd sleepte zich voort, en de jaren liepen in elkaar over. Om hem heen werden de vriendschappen hechter, de persoonlijkheden samenhangender. De enige uitzonderingen waren hij en Jans; als hij op Jans had gelet, had hij kunnen zien dat ze zienderogen zwaarder en grauwer werd, dat ze verlepte waar hij bij stond. Hij zag haar naar huis lopen zodra de schooldag voorbij was – dat huis waar hij niets van wist, maar waarover ontelbaar veel verhalen de ronde deden. Dat de wc geen deur had omdat die in een koude decembermaand was opgestookt; dat in de slaapkamers de matrassen op de ondervloer lagen; en zelfs dat Jans' vader in een caravan in de achtertuin woonde. Niemand had die vader ooit gezien, maar hoe kon je weten wat waar was?

Hij had het aan Jans kunnen vragen, dan had ze het meteen verteld. Daar twijfelde hij niet aan: ze had het niet mooier gemaakt dan het was, ze zou geen poging doen het onderwerp te veranderen, ze zou hoogstens verbaasd zijn geweest dat haar iets gevraagd werd maar ze had het wel verteld, met die stem die klonk als een rochel.

Ze droeg goedkope jurken van synthetische stof die aan haar huid bleef plakken. Haar vuilblonde haar viel in slierten over haar voorhoofd, en eerlijk gezegd was het moeilijk te zien hoe ze er verder uitzag; maar hoe dan ook zou het er al snel niet meer toe doen, want van iemand als zij, die wordt grootgebracht met koolhydraten, voor wie er geen zeep is, geen shampoo, geen frisse appel om in te bijten, die alleen maar aardappelen en vet krijgt voorgezet, die geen bedtijden heeft en nooit haar tanden hoeft te poetsen, neemt de grauwheid al zodanig jong bezit dat het uiterlijk er nooit meer toe zal doen.

Na de middelbare school kwam de Slagersvakschool, en toen ook die hindernis genomen was kon Rensing hele dagen meedraaien in de zaak, tot grote opluchting van hemzelf maar ook van zijn moeder, die het slagersbedrijf meer dan zat was. Ze kwam uit de bakkerij, in Siddeburen, ze was opgegroeid met de geur van vers brood en de warmte van grote ovens, en ze had nooit helemaal kunnen wennen aan de vochtigheid van vlees waarin ze door haar huwelijk was beland. Ze was steeds minder in de winkel te zien, en het eerste wat ze deed toen haar zoon in de zaak kwam was een week lang naar het ouderlijk huis verdwijnen, waar haar zus en zwager de bakkerij inmiddels hadden overgenomen.

Rensing stond meestal in de winkel, maar als er te slachten viel hielp hij in de slachtruimte, waar zijn vader algauw merkte dat hij de ingewikkeldste sneden beter aan zijn zoon kon overlaten. Hij was niet zo trots dat hij blind was voor de talenten van zijn zoon, en bovendien waren er meer dan genoeg andere zaken die hij hem nog wel kon leren. Zo was er die keer dat mevrouw Staghouwer bijna tien minuten in de winkel had staan roepen omdat de jongen zo opging in de bewerking van een bijzonder mooie varkensachtervoet dat hij alles om zich heen vergat. Hij was de winkel nog ingelopen om een fileermes te pakken, en zelfs toen was hem de druk gesticulerende klant niet opgevallen. Zoiets kon niet, zeker niet in een tijd dat het gerucht ging dat het dorp een supermarkt zou krijgen die zou gaan stunten met prijzen. Het kwam zijn vader ter ore en die avond probeerde hij zijn zoon ervan te overtuigen dat de klant het middelpunt van het bedrijf was, dat een slagerij draaide om omzet, dat je die mooie runderen onmogelijk kon inkopen als de geldlade leeg was; maar hoewel de jongen af en toe knikte, had zijn vader niet de indruk dat de boodschap echt doordrong. En opnieuw voelde hij die bezorgdheid om de winkel, en hij begreep dat een grotere ingreep noodzakelijk was.

Een hele middag lang belde hij met al zijn kameraden van de winkeliersvereniging, en toen ze hem in de juiste richting hadden gewezen, kwam hij in actie. Op een zaterdagmiddag zei hij: 'Ik moet weg. Zorg voor de winkel, jongen.' Hij trok zijn witte jas uit en kleedde zich in een pak, iets wat hij nooit deed, zelfs niet op zondag. Het vertrek bevreemdde zijn zoon, maar het lag niet in zijn aard om zijn vader te vragen wat hij ging doen. Zijn moeder stelde wel vragen, maar ook tegenover haar liet hij niets los. Hij liep naar de bushalte, wachtte onwennig op lijn 32, stapte in en betaalde vijfenveertig cent.

Later hoorde Rensing dat zijn vader was uitgestapt in Kollum en naar de Dorpsstraat was gelopen, waar hij om tien minuten voor vier de plaatselijke slagerswinkel binnen was gelopen en zich aan de baas bekendmaakte als een kennis van diens zwager.

'Heb je zo een momentje voor me?' vroeg hij.

De winkelier keek op zijn horloge. 'Nog een paar minuten.'

Toen het tijd was, stond Rensing senior in de winkel te wachten terwijl de ander de vleeswaren wegborg en de verkoopster de tegelvloer afnam met ammonia. Even overwoog hij zijn hulp aan te bieden, maar hij bedacht dat hij dat zelf ook niet op prijs zou stellen. Ondertussen keek hij om zich heen. De vitrine bromde. Achter de toonbank hing een houten rek met rookworsten, gerangschikt naar kleur en formaat. De tegelwand was geel.

De slager was een ongezond uitziende, magere man met wallen onder zijn ogen, en Rensing vroeg zich af of hij wel de goede keuze maakte. Hij wendde zijn blik naar de verkoopster, een stevige, sterke vrouw van ongeveer twintig. Wat hij zag beviel hem, en met tegenzin concludeerde hij uit een vergelijking tussen de slager en de verkoopster dat zij waarschijnlijk niet de dochter was.

Om kwart over vier gaf de slager de vrouw, die tot Rensings vreugde toch zijn dochter bleek te zijn, opdracht om de schoonmaak af te maken omdat hij een bezoeker had, en de twee slagers liepen naar buiten. Het was een mooie dag en ze waren vrij tot maandagochtend. Ze liepen door Kollum en voerden een ongemakkelijk gesprek, zodat ze uiteindelijk om de kelen te smeren naar binnen gingen bij een café, waar ze pas uren later weer naar buiten kwamen. Nu waren ze geen vreemden meer. En om de kennismaking te bezegelen nam de Kollumer zijn collega daarna misschien nog mee naar een onopvallend, vrijstaand huis waar bij de deur een lichtje brandde, maar dat hoeft niemand te weten want ze waren allebei getrouwd.

Hoe dan ook, om tien over elf stond Rensing senior weer bij de bushalte, hijgend en met een nog roder hoofd dan anders, nog net op tijd voor de laatste bus waar hij zo waardig mogelijk in stapte, en toen zijn vrouw drie kwartier later in bed zijn dranklucht rook en vroeg waar hij geweest was snauwde hij, rolde van haar weg en sloot de ogen in zijn tollende hoofd.

Op zaterdag werd er 's ochtends om zeven uur bij de slagerij aangebeld door een jonge vrouw, een meisje nog, achttien jaar oud, een stevige, stille meid, die door Rensing senior met zijn eigen vorm van hartelijkheid werd ontvangen. Ze had een jute boodschappentas bij zich waaruit ze een niet al te nieuwe slagersjas haalde. Rensing senior leidde haar rond, liet haar de snijtafels en messenrekken zien, gaf uitleg over de eigenzinnigheden van de oude Berkel, legde uit dat de jonge worsten links hingen en de rijpere rechts en dat er niet op krediet werd geleverd aan mensen van wie de naam niet in het zwart-wit gemarmerde kasboek in de la onder de kassa stond. Vervolgens veegde hij het krijtbord schoon en vroeg haar iets te schrijven.

'Bedenk maar wat,' zei hij. Toen ze bleef aarzelen, zei hij: 'Doe maar 3 saucijzen *f*1,50.'

Ze schreef aan elkaar, met de formele letters die je in de eerste klas van de lagere school krijgt aangeleerd, maar waar je in de loop der jaren van gaat afwijken wanneer je de behoefte voelt om je persoonlijkheid vorm te geven.

Toen de winkel om halfnegen opengíng, stond ze in haar witte jas achter de toonbank. Rensing senior riep zijn zoon naar beneden en zei: 'Dit is Jacomine. Zij helpt de komende tijd op zaterdagen in de winkel, dan hebben je moeder en ik de handen vrij.'

Zijn zoon nam Jacomine op en knikte; zij staarde naar de grond. Hij meende dat ze niet uit het dorp kwam, hij had haar in elk geval nog nooit gezien.

'Zeg eens wat, jong,' zei zijn vader.

'Moi,' zei hij.

'Moi,' antwoordde ze.

'Weet je hoe het werkt in de slagerij?' waagde hij. Hij probeerde zich de lessen werkgeverschap te herinneren die hij op de vakschool had gevolgd. Een 6- had er daarvoor op zijn diploma gestaan.

'Ja, best,' antwoordde ze.

'Ik ga naar boven,' zei meneer Rensing en hij liep de trap op naar het woongedeelte.

'Je komt niet uit het dorp, hè?' vroeg Rensing na een stilte.

'Nee,' antwoordde ze.

Tot zijn opluchting kwam de eerste klant binnen. En daarna kwam de zaterdagdrukte op gang, zodat hij het niet meer alleen afkon en zij hem te hulp schoot, en toen hoorde hij haar spreken met een stem die veel helderder klonk dan toen ze antwoord gaf op zijn vragen. 'Wie mag ik helpen?' vroeg ze, en hij zag haar katenspek snijden alsof ze nooit iets anders had gedaan, gehakt portioneren, rollades opbinden en karbonades van overtollig vet ontdoen. Af en toe wist ze iets niet, praktische zaken, bijvoorbeeld waar de lege schalen naartoe moesten, en ook dan sprak ze met die heldere, bekwame, bij vlagen zelfs melodieuze stem. En bij mevrouw Kamminga pakte ze zonder aarzelen het kredietschrift tevoorschijn, controleerde het openstaande bedrag met het maximum op het lijstje achterin en schreef de datum, het bedrag en de boodschappen bij.

'Jij hebt vaker in de winkel gestaan,' zei hij toen het even rustig was.

'Mijn vader heeft een slagerij,' antwoordde ze.

'Waar?'

'Kollum.'

'Nooit geweest.'

Eén of twee keer raakten Rensing en Jacomine elkaar per ongeluk aan, als zij voor hem langs naar een kartonnen schaaltje reikte of wanneer zij zich omdraaide als hij langs de snijmachine liep. Om vier uur bleef ze met de slagersjas over haar arm staan wachten totdat hij de kas had opgemaakt. Toen hij het kasboek wegborg, vroeg ze: 'Zijn er nog dingen die je wil uitleggen?'

Hij keek haar aan.

'Nee,' zei hij.

Even leek het of ze nog iets wilde zeggen, maar ze zag ervan af.

Bij de winkeldeur moest ze wachten totdat hij die van het slot had gehaald, toen liep ze naar de bushalte, dezelfde waar Rensing senior drie weken eerder had gestaan, en wachtte op lijn 32.

‘Een goede?’ vroeg zijn moeder die avond aan de eettafel.

‘Een echte winkelvrouw,’ zei zijn vader. ‘Houdt niet van stilzitten.’

De zoon zweeg, stak zijn vork in de jodenhaas en begon te snijden.

‘Haar vader is slager,’ zei Rensing senior. ‘In Kollum. Prima vent, maar zijn winkel stelt niks voor. Die koelvitrine van hem...’

Toen Rensing een week later voor de tweede keer met Jacomine in de winkel stond, spraken ze nog steeds weinig met elkaar, en als ze iets zeiden ging het over vlees, winkels en gereedschap. Eén keer kwam het gesprek op de Kollumse slagerij. ‘Die is niet zo mooi als deze,’ zei ze. ‘Minder modern.’ En Rensing reageerde door te zeggen dat dat waarschijnlijk ook de reden was dat haar vader haar kon missen.

‘Ja,’ zei ze. Toen, na een pauze: ‘Volgens mij zou hij graag zien dat we gingen fuseren.’

Op de derde zaterdag sprak hij voor het eerst haar naam uit: ‘Jacomine?’ Hij voelde een spanning in zijn maag alsof hij iets verbodens had gezegd en zij in woede zou kunnen ontsteken. Het woord voelde onwennig aan – zijn mond had deze klanken nog nooit eerder gecombineerd. De naam bleef in de winkel hangen en galmde na in zijn oren totdat ze antwoord gaf.

'Ja?'

'Ligt de potenschaar daar?'

'Ja.' Ze pakte hem op en reikte hem aan.

'Dank je,' zei hij, en met bonzend hart knipte hij de poten van de kip die voor hem lag.

Jacomine kwam uit een huis waar weinig werd gesproken. Hele dagen stond ze naast haar vader in de winkel; na de werkdag nam haar vader plaats aan de eettafel, waar hij slordige shagjes rolde die hij nerveus oprookte. Na het eten ging Radio Noord aan en werd er naar het nieuws geluisterd. Tussen een dag en een jaar was weinig verschil, en zo vloog haar jeugd voorbij.

Haar moeder leed aan een mysterieuze kwaal die haar ertoe dwong om met regelmaat hele dagen in bed te blijven, liefst in het donker; en als Jacomine vroeg wat eraan scheelde, antwoordde ze: 'Ik ben gewoon heel moe, lieverd,' waarna ze zich aan haar dochter vastklampte, in snikken uitbarstte en wel tien keer zei hoeveel het haar speet. Wat haar speet vertelde ze er niet bij.

Tussen de sombere spookbeelden van haar moeder en het wankele grootboek van haar vader bleef er weinig aandacht over voor Jacomine. Ze bracht haar vrije tijd grotendeels door op haar kamer, in een isolement dat nog versterkt werd door de manier waarop haar vader omging met de aandoening van zijn vrouw: iedere avond om kwart over zes bracht Jacomine hem een bord met brood en vleeswaren, waarna hij zichzelf de eerste borrel inschonk; ze aten zwijgend, en daarna trok ze zich terug op haar kamer om haar vader de ruimte te geven, totdat ze hem tegen tien uur de trap op hoorde stommelen en hij in de ouderlijke slaapkamer verdween, waaruit hij de volgende ochtend om zes uur met grijsrode wangen en bloeddoorlopen ogen tevoorschijn kwam, waarna de cyclus zich herhaalde.

Vandaar dat ze enkel blijdschap voelde toen haar vader vertelde dat ze, aanvankelijk één dag in de week maar later meer, bij een slager in een ander dorp zou gaan werken, waar ze die stugge zoon, met z'n snuivende neusgaten en z'n wijde poriën, steeds beter leerde kennen, een plaatje was hij niet maar kracht had hij zeker, dat zag je zo, en ze stelde zich zijn dijen voor die dik zouden zijn en krachtig, balken, bielzen, solide en rechthoekig, hij maakte zich smal als hij achter haar langs de vitrine liep. Deze uitbesteding was een geschenk dat haar in de schoot werd geworpen, een ontsnappingsmogelijkheid uit de drukkende stilte van haar bestaan, en opeens was ze met terugwerkende kracht verbijsterd dat ze zelf nooit op het idee was gekomen om een weg voor zichzelf te zoeken. Het was geen sterk gevoel, nog maar een kiem, maar voor het eerst besefte ze dat ze iets in de hand kon hebben, en dat gaf haar de moed om de wereld tegemoet te treden, weliswaar met kleine stappen, maar die zouden steeds groter en vastberadener kunnen worden.

Iedere zaterdag dat Jacomine bij Rensing in de winkel stond was ze een beetje minder stil. Het was een begin; met de jaren zou ze zich onmisbaar maken door de namen van de kinderen van de vaste klanten te onthouden. Ze vroeg of Jeroen geslaagd was voor zijn zwemdiploma en gaf een stukje worst voor hem mee. Want slagersvrouwen drukken hun kinderliefde uit met vlees, zoals bakkers met soesjes.

Ze werkte zij aan zij met de man over wie haar vader had gezegd dat ze met hem zou trouwen, al straalde hij niet uit dat hij daarvan op de hoogte was; en naast de prijzen en de presentatie van de vleeswaren leerde ze algauw ook de bewegingen van die man kennen, de tedere manier waarop hij met beide handen een achterham of rosbief uit de vitrine pakte en die haast wiegde voordat hij hem op de Berkel legde en de snijdikte instelde; en als ze om elf uur koffie naar de slachtruimte bracht, zag ze hoe hij de kloofbijl liet neerkomen op een runderdijbeen dat, hoe massief ook, geen schijn van kans had tegen zijn kracht. En vooruit, ook zijn lichtgrijze ogen zag ze, in het gezicht met de brede, platte neus, de grauwe wangen en de vlassige lokken.

Inmiddels kwam Jacomine ook op de maandag; Rensing dacht eraan tijdens een wandeling door de weilanden. De zondag was een dag waarvan hij niet wist wat hij ermee aan moest: de slagerij was dicht, het vlees voor het grootste deel afgedekt of ingevroren. Zijn vader verbood hem om in de winkel te werken uit angst dat de gereformeerde klanten daar bij het langslopen aanstoot aan zouden nemen; zijn schrikbeeld was dat ze zouden uitwijken naar Westra in Oldehove, die keurig Artikel 31 was.

Maar boven op Rensings gebruikelijke zondagsonrust kwam nu nog het vooruitzicht dat hij morgen weer naast haar in de winkel zou staan, haar stem zou horen als ze met de klanten sprak, en de behendige vingers zou zien waarmee ze een saucijs vastpakte en die in vetvrij papier wikkelde, een metworst bevoelde of die goed rijpte, en de cervelaat op de plank legde om het uiteinde ervan af te hakken. En daar kwam nog bij dat zijn ouders er steeds duidelijker op hintten dat hij die nieuwe medewerkster maar eens mee uit moest vragen. 'Volgens mij is ze leergierig,' had zijn moeder een week of wat eerder gezegd. 'Wie weet kan ze leren boekhouden. Dat zou wel van pas komen in de winkel. Of vind je het geen leuk wicht?'

Hij had naar zijn vader gekeken en die knikte. Als reactie had hij wat gebromd, zoals hij wel vaker deed als hij een vraag maar lastig te beantwoorden vond. Toen stond hij op, hij had nog iets te doen.

Hij stond niet afkerig tegenover het idee, bedacht hij terwijl hij voortstapte langs een met kroos overdekte sloot. Als ze een stapel vleeswaarschaaltjes tevoorschijn haalde uit de kastjes onder de vitrine keek hij soms naar haar achterwerk dat zich dan duidelijk aftekende in de slagersjas. En als ze voor hem langs reikte om de sluittang te pakken snoof hij haar geur op, een geur die hij niet kende, die zoet en zwaar en tegelijk ook licht was.

Kennelijk vonden zijn ouders dat hij haast moest maken, en ook Jacomine zag hij na sluitingstijd verwachtingsvol naar hem kijken, met haar jas al aan, tas in de hand, wachtend tot hij iets zou zeggen of vragen. Eergisteren leek zijn vader er tijdens het avondeten opeens genoeg van te hebben. 'Vraag dat kind mee uit, mjong, anders doe ik het voor je,' had hij geïrriteerd gezegd.

Het rook broeierig tussen de weilanden. Schaatsenrijdertjes sprongen over het slootwater, de kikkers verstomden als hij te dichtbij kwam.

Zijn huid kriebelde en prikte, en anders was het zijn gemoed. Hij belde aan bij een boerderij om een glas water te vragen, maar er was niemand thuis. Naar de kerk waarschijnlijk. Hij keurde de koeien aan weerszijden op slachtwaardigheid en maakte schattingen van hun opbrengst. De meeste waren A2's of B1's. Red Holsteins, hier en daar een dubbeldoel. In zijn hoofd trok hij snijlijnen over lendenen, langs schoften.

Schapen zag hij ook. Ze waren net geschoren, dat kon

niet langer dan een dag of twee geleden zijn gebeurd, want hij zag nog krassen en dunne snijwonden.

Op de Slagersvakschool had hij geleerd dat je bij het slachten van een schaap de schouder er in één stuk afhaalt, met het kraakbeen nog aan het schouderblad, zonder het dier van tevoren te kloven omdat dat ten koste van het lamszadel zou gaan. Een heel ander procedé dan bij runderen waar hij tot zijn spijt alleen de theorie van had geleerd omdat er in de noordelijke provincies weinig lamsvlees wordt gegeten en de schapenslacht niet als een noodzakelijke vaardigheid werd beschouwd.

Hij had nog nooit een schaap geslacht.

Als een bloedhond sloeg hij aan. Hij keek om zich heen, speurde opnieuw naar een teken van leven.

Niets bewoog. De boerderijramen waren donker. De kans was groot dat ook bij deze boerderij het hele gezin in de kerkbanken zat. Toen hij er zeker van was dat er in geen velden of wegen een mens te bekennen was, stapte hij achteruit, nam een aanloop en sprong over de sloot. Hij landde in de zachte blubber, zijn linkervoet zwom in de schoen. De schapen zagen hem met grote stappen naderen en stoven weg, allemaal dezelfde kant op, kwamen niet op het idee zich op te splitsen in facties om hun overlevingskansen te vergroten. Hij kwam achter ze aan, dreigend, driemaal zo hoog als zij. Ze roken zijn onbekende, angstaanjagende geur, en nu stonden ze dicht op elkaar in een hoek van het weiland, tegen het hek aan. Ze konden geen kant op en die schonkige gestalte kwam steeds dichterbij, ze zagen dat hij iets tevoorschijn haalde wat opengeklapt kon worden, iets wat glinsterde in de zon, en het gemekker om ze heen werd oorverdovend. Ze keken elkaar aan wie het zou worden, ze waren allemaal gezond en relatief jong, er was geen ouder dier dat zich zou opofferen voor het welzijn van de groep, en ze voelden zich kaal zonder hun beschermende vacht, in hun schrale, brandende huid, en toen het eigenlijk al veel te laat was en die gestalte vlakbij was stoven ze eindelijk weg, nu wel in alle richtingen, en tot hun grote opluchting zagen de overlevenden dat zij niet degene waren die bij haar achterpoten werd gegrepen, krijsend van de grond werd getild en vervolgens met een enkele haal van dat flinterdun geslepen zakmes om het leven werd gebracht.

Nu stond hij midden op de weg met een gestolen schaap. Het lemmet van het moordwapen had hij diep in de klei gestoken om het schoon te maken en nu zat het weer veilig in zijn broekzak. Hij hees het dier op zijn schouders terwijl de poten nog natrapten, hij liep naar de beschutting van een boomgroep, waar hij het neerlegde en zijn zakmes opnieuw tevoorschijn haalde. Daar sneed hij het schaap open zoals het in de boeken stond beschreven, en zoals altijd was hij verbaasd dat alle organen, alle pezen en botten precies op de plaats zaten die in die boeken stond vermeld. Hij sneed het klapstuk los van de lamskroon, legde de organen op een rij in de rulle aarde, sneed het strottenhoofd door en verwijderde de tong; en uiteindelijk legde hij de koteletten en schouders en alle andere onderdelen netjes op de grond, haast alsof hij ze uitstalde voor een klant.

Maar de boer kon ieder moment terugkomen en Rensing had niets, geen zak, geen doek, om het vlees in te vervoeren. Daarom liep hij het erf op met zijn armen vol schapenvlees, en terwijl de hond oorverdovend blafte vond hij de kadaverput en gooide al dat vlees erin.

In trance liep hij naar huis, met ondanks het warme weer zijn handen verborgen in zijn mouwen om de bloedvlekken te verhullen. Hij dacht dat iedereen het aan hem kon zien. De kerk was uit, een paar auto's en fietsende gezinnen reden hem tegemoet. De meeste in hun zondagse goed, liedboek onder de snelbinders. Hij dacht aan de kudde die had geprofiteerd van een soortgenoot die zich voor hen had opgeofferd.

Bij thuiskomst had hij grondig zijn handen en onderarmen gewassen; daarna had hij aan de hand van de formules in het Slagershandboek de kostprijs berekend van het oefenschaap, het bedrag uit zijn portemonnee gehaald en in een envelop gestopt. 's Avonds was hij met een hart dat klopte in zijn keel terug naar de boerderij gefietst en had hij de envelop in de brievenbus gepropt. Bij het wegfietsen keek hij naar de overgebleven schapen, maar ze gaven geen blijk van herkenning.

De volgende dag na sluitingstijd, tijdens het opruimen, keek hij Jacomine aan.

Ze keek terug. Hij had de wijde neusgaten en platte neus van een minotaurus. Hij zou haar kunnen optillen en dragen.

Hij legde de lever die hij vasthield zorgvuldig op de stalen schaal die op het werkblad stond.

'Zaterdag is er dansen in 't Karrewiel,' zei hij.

Ze knikte haast onmerkbaar, draaide zich om en ging door de winkeldeur naar buiten.

Jaren later vroeg hij zich af of iemand ooit ontdekt had dat er toen een dier ontbrak, of dat het schaap gewoon verdwenen was alsof het nooit had bestaan, haar waardevolle wol had afgestaan en daarna was vergeten. Het was een flinke kudde, tientallen ooien, en schapen worden niet zo goed geteld als koeien.

Wie weet hoe het gelopen zou zijn als hij die dag niet was gaan wandelen, als hij dat schaap niet had gezien of geen zakmes bij zich had gehad. Had hij Jacomine dan mee uit durven vragen? Of zou Jacomine het in dat geval hebben aangedurfd om verder te gaan dan het onhandige gehint waarmee ze hem opzichtig in beweging probeerde te krijgen, en zelf de eerste stap hebben gezet? De vrouw die ze later zou worden – ja, die slokte zo nodig de wereld op, maar in deze tijd was ze nog stil en volgzaam, murw gebeukt door de jarenlange droefheid die als een natte deken over haar jeugd had gelegen.

Tijdens het derde afspraakje met Jacomine, op de zoveelste zaterdagavond in 't Karrewiel, droeg hij het blauwe jasje van zijn vader dat iets om zijn borstkas spande zodat hij nog meer op een minotaurus leek; en later op de avond, toen ze onder invloed van een bessen-jus steeds vaker in zijn ogen keek, haalde hij ergens de moed vandaan om te vragen, zoals dat in het dorp gebruikelijk was, of ze meeging naar de spoordijk om naar de vrachttreinen te kijken. Daar, in het gras van het talud, durfde hij zich naar haar toe te draaien en een arm op haar zij te leggen; ze gaf geen blijk van ongenoegen, dus drukte hij zijn lippen op de hare waarmee hij iets beklonk wat de rest van hun leven zou moeten duren; en toen hij onhandig aan de sluiting van haar bh pulkte, voelde hij hoe haar hand zijn vingers vastpakte en tegelijkertijd de gesp losmaakte alsof hij het deed, ook al hadden zijn vingers er part noch deel aan. Misschien was het de eerste keer in haar leven dat ze ergens de leiding in nam. Ze voelde hoe zijn handen haar borsten kneedden, keurden op stevigheid, leeftijd en gezondheid, en hoorde dat hij een goedkeurend gebrom liet horen.

Van verliefdheid zou nooit sprake zijn. Wat wel zou groeien was een gevoel van verbondenheid, een saamhorigheid die weliswaar op een aantal misverstanden berustte, maar toch lange tijd bestendig zou blijken.

Al na een paar maanden kende Jacomine de dorpelingen beter dan haar verloofde. Ze wist dat mevrouw Nieland vorig jaar een miskraam had gehad maar gelukkig kortgeleden van een dochter was bevallen; ze hoorde dat het makelaarskantoor ging sluiten, dat er een notaris kwam, en ook wist ze dat er binnenkort toch echt een supermarkt zou komen. Toen ze dat aan Rensing vertelde, wuifde hij het weg.

'Ons vlees is beter,' zei hij alleen.

Amper een week later werd er begonnen met de verbouwing van de voormalige kapperszaak van Strik aan de Hoofdstraat, en na twee maanden opende de Voordeelmarkt haar deuren, met slingers en ballonnen in de kleuren van het logo, en onweerstaanbare openingsaanbiedingen.

Anders dan Rensing zelf zag zijn vader deze vernieuwing wel degelijk als een bedreiging, en hoe zijn zoon ook op hem inpraatte, hij was niet van zijn bezorgdheid af te brengen. Ongetwijfeld werd hij aangestoken door de andere leden van de winkeliersvereniging – maar dat die anderen klaagden, vond Rensing niet verrassend: dat de groenteboer in de problemen zou komen was best mogelijk, want voor zover Rensing dat kon beoordelen lag het fruit er in de Voordeelmarkt prachtig bij. En ook Hoving kon het moeilijk gaan krijgen, want het brood bij de Voordeelmarkt was aanzienlijk goedkoper dan bij zijn bakkerij. Rensing & Zn. daarentegen liep geen enkel gevaar, daar was de Zn van overtuigd. Grauw, bleek vlees verkochten ze in de supermarkt, met geel vet eraan. Gehakt dat van ellende uit elkaar viel, in een plasje bruin vleessap op een dof aluminium schaaltje. En als het aan hem lag zou zijn slagerij de supermarkt niet alleen overtroeven in kwaliteit, maar ook in gemak en efficiëntie.

Hij besloot van de bezorgdheid van zijn vader gebruik te maken en ging met hem het gesprek aan over de toekomst van de winkel. Op een avond stapte Rensing naar zijn vader toe met een notitieblok waarin hij zijn plannen voor de nieuwe winkel had uitgeschreven. Hij vroeg: 'Heb je even om te praten?'

Zijn vader kwam overeind en zette de televisie uit. Hij liep naar de eettafel en nam plaats op de stoel aan het hoofd. Hij haalde een sigaret uit het pakje Caballero's, stak hem op en plantte zijn ellebogen op het Perzische kleedje.

Zijn zoon nam het woord. 'Ik heb ideeën over de winkel. Voor de toekomst.'

Zijn vader trok de thermoskan naar zich toe, draaide de dop los en schonk zichzelf een kop koffie in. 'Laat maar horen.'

Rensing nam tegenover hem plaats, legde het notitieboekje voor zich neer en zei: 'Die supermarkt weet niet wat vlees is.'

'O?'

'Ze verkopen troep.'

Zijn vader tuitte zijn lippen en zei: 'Het is niet het beste vlees wat er is.'

'Dan moeten wij dat wel doen.'

'Dat doen we al.'

'Welnee. Het kan stukken beter.'

'Het kan altijd beter.'

'Totdat het niet meer beter kan.'

'Zeg maar wat je bedoelt.'

'Dat we beter vlees moeten verkopen.'

Zijn vader nam een trekje van zijn sigaret en kreeg een hoestbui. Toen zei hij: 'De mensen vinden het goed genoeg. Wat ze willen is goedkoop.'

'Dat zijn de mensen die naar de supermarkt gaan. De rest komt bij ons.'

'Dat zijn er niet veel.'

'En ze willen gemak.'

'Dat vinden ze in de supermarkt.'

'Dat kunnen wij beter.'

Wekenlang had Rensing aan de plannen gewerkt. Hij had ramingen gemaakt van de benodigde investeringen en de doorberekening daarvan in de verkoopprijs. En wat hij nog niet aan zijn vader wilde vertellen maar waarover hij wel droomde, waren de onbegrensde mogelijkheden om uit te breiden. Zijn concept verder te stroomlijnen en te dupliceren in andere filialen. De slagerswereld op zijn kop te zetten. Maar daar begon hij nu niet over. Mensen houden niet van verandering, dat moet je doseren. En daarom hield Rensing het meeste nog voor zich, zeker toen bleek dat zijn vader nog afhoudender reageerde dan hij al verwacht had.

Maar nog geen jaar na het eerste afspraakje met Jacomine stierf zijn vader, op veel te jonge leeftijd. Het had niemand moeten verbazen, zijn hoofd, dat van zichzelf al donkerrood was, was steeds verder naar paars gaan neigen, en al dat bloed moest ergens naartoe. Op een maandagmiddag in de slachtruimte scheurde zijn aorta open en viel de kloofbijl uit zijn handen; hij zocht steun bij het rund dat aan de vleeshaak hing en zakte half ineen op de witte tegels, nog steeds met zijn vingers om het half afgehuide kadaver geklampt; het duurde uren voordat hij werd gevonden, uren waarin zijn bloedvaten leegliepen zodat het vlees in zijn extremiteiten geheel verbleekt moest zijn, terwijl zijn gezicht en zijn borst juist donkerpaars werden van het bloed dat zijn meedogenloze hart tot op de laatste slag in de borstholte bleef pompen.

Rensing stond op dat moment in de winkel en had niets door; zijn moeder was in Siddeburen. Gelukkig was ze verstandig genoeg om zichzelf daar later geen verwijten over te maken, zo van: als ik hem gewoon zijn koffie had gebracht, had ik hem gevonden en was hij misschien nog op tijd in het ziekenhuis geweest. Dingen gebeuren, was haar motto. Zo was het leven: je trouwt met de man die je het hof maakt, je krijgt precies zo veel kinderen als je krijgt, mensen gaan dood als het hun tijd is en tot die tijd moet je werken en een ander geen kwaad doen. Opvoeden deed je, liefhebben ook, en verder ging alles vanzelf. Een beetje alsof er een god was die beschikte, ook al was dat natuurlijk niet zo. Geen boze god, geen god van liefde. Er was niets anders dan 's ochtends opstaan om de dingen te doen die gedaan moesten worden en de lijn te volgen die vanaf de ochtend naar de avond liep, vanaf de geboorte naar de dood, die nooit onderbroken werd en waarvan je nooit mocht afwijken: geen zijsporen nemen, niet stilstaan bij de mooie vergezichten. Doorgaan tot het voorbij was.

Toen ze die avond in Siddeburen door haar zoon werd gebeld dat haar man was overleden, vertrok ze niet overhaast naar huis. Daar was geen enkele reden voor: haar man was al dood, de laatste bus was al geweest, taxi's waren duur en haar zoon had laten weten dat hij het voorlopig alleen afkon. Bovendien woonde Jacomine in deze tijd al een groot deel van de week bij de Rensings in huis, natuurlijk niet bij Rensing op de kamer maar op de logeerkamer, dus haar aanwezigheid was niet vereist. Pas de volgende ochtend nam ze na het ontbijt de bus naar de stad, waar ze overstapte op de 32, zodat ze net voor het middaguur de winkel bereikte, waar haar zoon een briefje op de deur had gehangen met de tekst 'Wegens omstandigheden gesloten'. Ze draaide de deur van het slot, ging de trap op naar het woongedeelte en vond haar zoon aan de keukentafel.

'Waar is hij?' vroeg ze.

'Beneden,' antwoordde Rensing. Hij stond op en liep voor haar uit de trap af, de winkel door naar de slachtruimte, en van daaruit naar de koelcel. Daar lag zijn vader, op een burrie, gewikkeld in een zeil.

Ze legde haar hand op de wang van de overledene alsof ze wilde voelen of hij echt dood was.

'Dijkstra komt hem vanmiddag halen,' zei hij.

Ze keek naar de dode. Ze streek zijn haar glad tegen de schedel.

'Dag man,' zei ze.

Ze liep de koelcel uit.

Die avond aten ze niet, ze zaten zwijgend tegenover elkaar aan tafel met een kop koffie voor zich.

'Nu is de winkel van jou,' zei ze.

'Ja,' antwoordde Rensing.

Twee dagen later reed hij na de uitvaart direct door naar de groothandel, waar hij een elektrische kassa kocht, een nieuwe wolf en vleeshaken van aluminium.

2

Daar stond ze, van hem weggedraaid. Al van tien meter afstand wist hij hoe haar huid zou aanvoelen, hoe zijn handen over haar rug zouden glijden, hoe de wervels als een kralenketting op de kam van haar rug zouden liggen. Ze was een en al vlees: gezond en stevig, dikke billen, lange lendenen. Alsof ze voelde dat ze werd bekeken draaide ze zich precies op dat moment naar hem toe, en hij had de indruk dat er een zweem van angst in haar blik kwam – iets wat niemand zou zijn opgevallen behalve hem, want deze angst was niets, helemaal niets vergeleken bij wat ze zou voelen als ze de plank afliep, de bestelbus uit, en het beton zou ruiken waar in iedere porie de geur van de dood, van talloze bloedbaden was getrokken. Ze hield op met kauwen, keek hem aan; haar onderkaak hing een stukje omlaag. Je zou verwachten dat ze weer van hem weg zou kijken en door zou eten, maar ze bewoog nog steeds niet. Er zaten vliegen op haar billen: ze wapperde niet eens met haar staart.

Zij was het; hij wist het zeker. In gedachten bewoog hij het buigzame staal al om de kom van haar achterpoot, scherper geslepen dan ooit zodat hij haast door water sneed, zoals vroeger in de roeiboot van de buren het blad van de roeispaan het water als vanzelf in tweeën kliefde. En nog steeds keek ze hem aan, terwijl hij zijn hand naar de portemonnee in zijn binnenzak bracht om te controleren of die er nog was, dik van de flappen, een duizendje en een pak honderdjes. Veegeld, handjeklap. Hij zag het touw om haar nek waarvan hij zeker wist dat hij het straks zou vastpakken en waaraan hij haar tussen de andere stallen door zou leiden, over het platgetrapte stro naar de parkeerplaats toe, weg van haar soortgenoten, weg van het leven en de drukte. Met de andere hand zou hij de laaddeur van de bestelbus openzetten en de plank naar buiten trekken, en dan zou hij haar naar binnen leiden. Ze zou niet tegenstribbelen, ze zou beseffen dat dit onontkoombaar was. En als ze eenmaal in de bus stond, het touw vastgemaakt aan de houten stellage, en hij nog wat vers stro op de laadvloer had gelegd, zou ze één keer loeien, klaaglijk, langdurig, van onder uit haar strot. Hij zou achter het stuur plaatsnemen, starten, wegrijden en af en toe in de achteruitkijkspiegel naar haar kijken.

Maar eerst moest er handel worden gedreven. Mannenzaken, beklonken met korenwijn. Hij liep naar haar toe, legde een hand op haar schoft, klopte op haar borst. Ze liet hem begaan, stond er gelaten bij.

Met zijn vingertoppen keek hij door haar huid naar binnen. Hij voelde het donkerrode vlees, de witte dooradering, de lange lendenlappen die hij uit haar zij kon snijden. Maar eigenlijk wist hij alles al voordat hij begon, daarvoor hoefde hij haar niet aan te raken, dat had hij allemaal in de eerste oogopslag al gezien. Hij voerde een toneelstukje op ten behoeve van de handelaar, die moest weten dat hij een serieuze gegadigde was.

De man kwam naar hem toe. Platte pet, donkerblauw pak, wollen stropdas. Hij hield een plastic bekertje vast.

'Ooit zo'n korte hals gezien?'

Rensing schudde van nee. De handelaar nam een slok.

'Billen tot de hielen en een rug van hier tot Beetsterzwaag,' vervolgde hij. Met zijn vrije hand sloeg hij op haar achterwerk.

Het liefst had Rensing hem een klap verkocht.

'Hoeveel moet je voor haar hebben?' vroeg hij met droge mond.

De handelaar zweeg, roerde in het bekertje. 'Dit is iets heel bijzonders,' zei hij. 'Dat zie ik, en volgens mij zie jij dat ook. En dat betekent dat ik niets van de prijs kan halen.'

Rensing legde zijn hand op zijn jas, aaide de geruststellende dikte van zijn portemonnee.

'Daar haal je heel wat biefstukkies uit,' vervolgde de handelaar. 'Mooi vlees. Mals. En heb je die vacht gezien? Dat komt door grasvoer. Die weide ligt er al veertig jaar. Een en al klaver. Rijk aan stikstof. Toevallig kende ik deze dame al toen ze nog een pinkie was. Je had haar moeten zien toen ze voor het eerst de stal uit rende!'

Rensing keek naar het dier. Ze sloeg krachtig met haar staart, alsof ze zich net zo ergerde als hij.

'Kortom, ik zou best wat van de prijs willen afhalen, maar dat kan gewoon niet,' besloot de handelaar. 'Vierenveertighonderd.'

Er zat zesentwintighonderd in Rensings portemonnee.

'Dat is te duur,' zei hij, zonder overtuiging. 'Voor vierentwintig neem ik haar mee.'

'Geen handjeklap.'

Rensing bleef besluiteloos staan. Nu zou hij moeten gaan rekenen, naar het gewicht vragen, inslachtpercentages schatten. Maar hij mompelde iets, liep weg, bekeek andere runderen: Maas-Rijn-IJssels, een paar Herefords, een enkele Holstein want je weet maar nooit. Toch zorgde hij ervoor dat zij steeds in zijn gezichtsveld bleef: als een puber op een schoolfeest draaide hij om haar heen. Hij zag potentiële kopers die haar betastten, tussen haar poten graaiden en haar gebit bekeken; en iedere keer weer voelde hij die angst dat het met een handdruk zou eindigen.

Soms meende hij dat ze naar hem terugkeek, maar dat moest verbeelding zijn.

Ze was te duur.

Hij had een envelop met eurocheques op zak.

Hij zou wachten tot de markt bijna uitging, tot de stallen leger waren en de kopers aan de korenwijn zaten. Dan zou hij haar voor drieduizend meekrijgen; en tot het zover was, onderhandelde hij zonder overtuiging over een middelmatige blaarkop waarvoor hij maximaal achttienhonderd gulden wenste te betalen, zodat de verkoper steeds bozer werd omdat het dier minstens vijfentwintig waard was. Toen de handelaar zich ten slotte bruusk afwendde was Rensing vooral opgelucht, en steels wierp hij een blik op haar om te zien of ze wel had gemerkt dat hij de keus had, dat ze heus niet de enige was, dat hij ook een ander dier mee naar huis kon nemen.

Vijf minuten voordat de markt afliep, stapte hij opnieuw op haar verkoper af. Hij slikte.

'Nou moet je haar weer mee terug nemen,' zei hij.

'Tja,' zei de handelaar. Hij klapte de deuren van zijn veewagen open.

'Dan sta je dinsdag met haar in Usquert te leuren, en volgende maand op de Adrillen.'

De handelaar haalde zijn schouders op en ging door met afbreken.

'Ik bied drieduizend,' zei Rensing, net toen de ander neerknielde om het doek met zijn firmanaam los te knopen. Hij kwam overeind, stofte zijn knieën af, ging voor Rensing staan en zette zijn handen in zijn zij.

'Ik zei vierenveertig. Graag of niet.'

Rensing dacht aan zijn vader, die een aantal vaste leveranciers had die dieren voor hem achterhielden. Die nooit het beste dier kocht en nooit het slechtste, die altijd koos voor de beste prijs-kwaliteitverhouding. Voor wie dat een enkele keer gunstiger of ongunstiger uitpakte dan hij had verwacht, maar die meestal precies kreeg waarvoor hij betaalde. En als hij eens van die gewoonte afweek was dat nooit impulsief, dan ging dat gepaard met lange onderhandelingen en een uitgebreid onderzoek.

Hij dacht aan de dieren die hij de afgelopen jaren in de betonnen slachtruimte in de ogen had gekeken als hij zijn witte rubberlaarzen aantrok: die dommige, smekende blik van de dieren die je volkomen gerust kon stellen door bezwerende gebaren te maken en klopjes te geven. Ze hadden geen flauw idee wat ze ging overkomen.

Hard trok hij de rits van zijn jack omlaag; hij haalde zijn portemonnee en de cheques tevoorschijn. 'Eurocheques?'

De ander knikte en zei: 'U is kenner. Dat zie ik meteen.'

Rensing keek hem aan met een blik vol verachting.

'Jij ziet helemaal niks,' zei hij.

Toen hij het touw losmaakte en haar met zich meevoerde, keek ze hem dankbaar aan.

Niemand die hem controleerde. Rensings moeder had zich altijd al afzijdig gehouden, en nu haar man was overleden was ze nog vaker in Siddeburen.

De enige die wist hoe reusachtig het verlies was dat de slagerij op dit rund leed, was Rensing zelf.

Ze trouwden op het gemeentehuis. Na afloop van de plechtigheid vond er een sobere receptie plaats in de eetzaal van het plaatselijke hotel, in aanwezigheid van Rensings moeder, Jacomines vader, een handvol leden van de winkeliersvereniging, een enkele verre neef en, omdat je die nou eenmaal ook moet vragen omdat het de dorps- en leeftijdsgenoten zijn die geacht worden je vrienden te zijn, Tammo en Jurgen en nog een paar vroegere klasgenoten, die met een pilsje in de hand samenklitten bij het buffet en nauwelijks met de andere aanwezigen spraken. Af en toe klonk er hard gelach op uit hun groepje.

Rozema nam de bruidegom op zeker moment apart en vroeg hem of hij zijn vaders lidmaatschap van de winkeliersvereniging wilde overnemen. Het kostte weinig, zei hij, en Rensing stemde in. En toen hij op zeker moment naar buiten keek zag hij Jans, die zonder naar binnen te kijken doorliep omdat ze natuurlijk niet uitgenodigd was. In die paar jaren sinds de middelbare school was ze dertig kilo aangekomen, schatte Rensing op het oog; haar haar hing in vettige slierten over haar voorhoofd en voor haar ogen. Sinds de dood van haar moeder woonde ze alleen in het oude huis bij het kanaal. Ze kwam nog iedere dag in het dorp waar ze rondzwierf door de winkelstraten, en als ze een bekende zag knoopte ze een praatje aan waaruit de aangesprokene zich zo snel mogelijk probeerde los te weken.

'Wie is dat?' vroeg Jacomine, die in haar bruidsjurk naast hem stond en zijn blik naar buiten volgde.

'Jans,' zei hij.

De huwelijksreis ging naar Schiermonnikoog, waar ze op kosten van Jacomines vader twee nachten volpension verbleven in Hotel Van der Werff, in een kamer aan de voorkant.

Het enige wat Rensing zich van die dagen zou herinneren waren het blote lijf van Jacomine in zijn bed, haar schoften, haar borsten die hij kneedde terwijl hij onhandig op haar klom, de rode vlekken van opwinding in haar hals; en het kielzog van de boot op de heenweg, het schuim dat het water dooraderde als biefstukken, en verder van de scheepsromp als sukadelappen. En de terugvaart, toen Jacomine, die in die dagen vaker naar hem glimlachte dan zijn moeder in haar leven had gedaan, hem zover probeerde te krijgen een plekje te vinden om buiten het zicht van de andere passagiers, of eventueel erbinnen, hun huwelijk nogmaals te bevestigen, want ze hadden niets om zich voor te schamen, haar lijf niet en zijn lijf niet, zijn ossenborst, haar lendenen, iedereen mocht ze zien, vond zij, want ze hoorden bij elkaar, en dus duwde ze hem naast het invalidentoilet tegen de metalen wand, drukte haar mond op de zijne, kneep hard in zijn kruis en zei 'Kom', waarop ze hem aan zijn bovenarm meetrok, de toiletdeur opendeed en hem mee naar binnen trok. Maar ze had de verkeerde man daarvoor en hij duwde haar van zich af, zei 'Doe normaal' en liep zonder verder omhaal van woorden naar dek.

De eerste jaren van het huwelijksbestaan verliepen in relatieve rust. Nu zijn moeder besloten had om permanent bij haar zus in Siddeburen in te trekken, namen Jacomine en hij de slaapkamer van zijn ouders over, zodat ze niet meer zo dicht op elkaar in het smalle bed hoefden te liggen waarin hij sinds zijn kindertijd geslapen had. In die eerste maanden hield Jacomine haar ogen altijd open als Rensing haar besteeg, want zodra ze ze dichtdeed, zag ze haar schoonouders voor zich die op dezelfde manier in dit bed aan de gang moesten zijn geweest. En toen dat maar niet voorbijging, wist ze haar man er op een gegeven moment van te overtuigen dat het voor haar niet prettig was om te moeten leven in een inboedel die niet de hare was, dat ze hem, zijn winkel, zijn woonhuis allemaal accepteerde, maar dat er in elk geval íéts van haar bij moest. En dus gingen ze naar Sipkens en zochten ze een nieuw bed uit, niet te modern en niet te ouderwets, niet te duur en niet te goedkoop, niet te mooi en niet te lelijk.

Soms kocht Jacomine bloemen, die ze in een vaas op de eettafel zette. Dan keek Rensing er fronsend naar en zei: 'Ik kan je niet zien.'

Waarna ze de bloemen een stukje opzijschoof.

Op woensdagavonden ging Jacomine naar de aula van de hervormde kerk waar cursussen werden gegeven. Ze leerde typen omringd door twaalfjarigen, op een typemachine met gekleurde dopjes op de toetsen. Daarna schreef ze zich in voor bedrijfscorrespondentie, zakelijk Engels, handelsrekenen, en soms sprak ze in het weekend met iemand af om samen aan een opdracht te werken en antwoorden te vergelijken. Tot haar verbijstering merkte ze dat er mensen waren die haar mening wilden horen, of die haar hulp vroegen bij een bepaalde opgave.

Rensing kocht nog steeds te dure runderen in. Zo extreem als die ene keer werd het niet meer, maar als hij na sluitingstijd de boeken bijwerkte durfde hij het transportbedrag soms nauwelijks op te schrijven. Met tegenzin teerde hij in op de toch al niet grote reserves die zijn vader had aangelegd.

Bovendien was een deel van de klandizie overgelopen naar de Voordeelmarkt. De winkel was merkbaar leger dan eerst; alleen met kerst, oud en nieuw en Pasen was het druk. En kwam het vroeger vrij geregeld voor dat ze om de twee weken naar de veemarkt moesten, nu was het hooguit tien, twaalf keer per jaar.

Iedere dag brak hij zijn hoofd over nieuwe methoden om mensen naar de winkel te lokken. Hij experimenteerde met prijzen, bedacht dat de consument inmiddels zo gewend was aan bedragen die op ,99 eindigden dat ze daar blind voor waren geworden. En dus prijsde hij op een zaterdag de slavinken op achtentachtig cent per stuk. Veel leverde het niet op, behalve wat ongemakkelijke blikken. Om vier uur moest hij concluderen dat hij er niet één meer had verkocht dan drie weken eerder, toen ze voor negenennegentig cent in de uitverkoop waren.

Jacomine sloot de cursus handelsrekenen af met een 7½. Ze had zich de grondbeginselen van de boekhoudkunde eigen gemaakt en op een middag had ze, puur uit nieuwsgierigheid, zonder iets aan haar man te zeggen, het kantoor en de slachtruimte waren immers zijn terrein, zij hoorde in de winkel thuis – de boekhouding opengeslagen.

Ze vermoedde al wel dat het er niet rooskleurig voor stond, want Rensing hield zijn lippen stijf op elkaar, ook als zij expliciet naar de financiën vroeg, maar ze schrok alsnog. In de drie jaar sinds de dood van zijn vader werd bijna iedere bladzijde afgesloten met een negatief transportbedrag, en de enige keren dat er sprake was van een ruime plus werd die veroorzaakt door een overboeking vanuit de reserves.

Er moest wat gebeuren en dat moest haar man gaan beseffen. Ze moesten klanten terugwinnen. En snel ook.

De onderkant van de markt was met de komst van de Voordeelmarkt definitief verloren gegaan, daar konden ze toch niet tegenop. Dankzij de methodes die ze zich op cursus eigen had gemaakt, begreep ze dat daar niets te halen viel. De winst moest worden gezocht in het hogere segment, bij de mensen die meer te besteden hadden en die meer hechtten aan kwaliteit. Daar waren er niet zo veel van in het dorp, maar ze vermoedde dat er genoeg moesten zijn om de winkel draaiende te houden.

Tot zover had haar man gelijk. Maar terwijl hij dacht dat ze niet doorhadden dat het vlees dat hij verkocht superieur was, had het volgens haar vooral met presentatie te maken: dat je het beste vlees had, was niet genoeg. Je moest het als de kostbaarste edelsteen in goud vatten. Je moest laten zien hoe mooi het van kleur was, met hoeveel aandacht de slager zijn sneden had gemaakt... Even liet ze zich meevoeren in de waanzin van haar man, en eerlijk is eerlijk, ze begreep wat hem dreef. Maar het was in het belang van hun beiden dat ze zich niet gek liet maken.

Wat ze nodig hadden was een nieuw interieur dat het vlees verleidelijker maakte, als een baljurk voor een mooie vrouw of een lint om een pakketje.

Ze moest alleen haar man nog overtuigen.

Ze kende hem goed genoeg om te weten dat de directe benadering niet zou werken. Als ze iets van hem gedaan zou willen krijgen, zou hij het idee moeten hebben dat hij het zelf bedacht had. Op een ochtend zei ze terloops: 'Jammer eigenlijk dat dat licht in de vitrine zo gelig is. Dan ziet het vlees er zo oud uit, vind je niet?'

Rensing keek met andere ogen de vitrine in.

'En die witte tegels helpen ook niet,' zei zijn vrouw.

Ze vertelde dat ze in de krant had gelezen over een chocolatier die twee keer zoveel verkocht en zijn prijs had kunnen verdubbelen sinds hij zijn creaties in glimmende doosjes verpakte.

En Rensings hersenen, die als hij stond te slachten net zo snel gingen als zijn handen maar de rest van de tijd even moeizaam op gang kwamen als een os die een zware kar moet trekken, begonnen langzaam een idee te vormen.

Het beste vlees verkocht hij al. Alleen waren de mensen te dom om dat te zien. Je moest ze tegemoetkomen – eerst inpakken, dan verkopen. De supermarkt betekende gemak, en hij zou ze op hun eigen terrein verslaan.

Een paar weken lang zat hij iedere avond met zijn notitieblok aan de keukentafel. Als Jacomine naar hem toe kwam om te kijken wat hij aan het doen was, legde hij snel zijn hand eromheen. Alsof ze wilde afkijken. Ze zei: 'Ik kan toch meedenken?' Dan bromde hij iets onverstaanbaars, en als ze aandrong zei hij: 'Het is mijn winkel.'

'Onze winkel,' verbeterde ze.

'Ik draag de lasten,' bromde hij.

'Volgens mij maak je het veel te ingewikkeld.'

Hij maakte een afspraak bij de bank, en de avond van tevoren lichtte hij voor het eerst een tipje van de sluier op. Maar over de inhoud van zijn notitieboek, de concrete plannen die hij aan de bank ging voorleggen, hield hij zijn lippen stijf op elkaar, want ten eerste zou ze ze niet begrijpen en ten tweede zou ze ze afkeuren. Daar was hij van overtuigd.

's Avonds in bed trok ze uit wraak de deken naar zich toe, met haar hand als een klauw eromheen zodat hij eraan kon rukken wat hij wilde maar geen centimeter winst boekte.

De volgende ochtend trok hij het pak van zijn vader aan, hetzelfde pak dat hij tijdens hun eerste kus had gedragen, en vertrok naar de bank.

Hij droeg niet vaak een stropdas en dat rotding sneed zijn adem af. Zijn papieren zaten in de schooltas die hij al die jaren heen en weer naar de Slagersvakschool had gesleept en die zijn vader, als hij het goed had, maar de waarheid verwatert zo snel, iedere dag naar school had meegesleept.

Hij voelde zich een poedel met een jurkje aan toen hij door de gaatjes in het kogelvrije glas tegen de baliemedewerkster zei: 'Ik heb een afspraak met de heer Rozema.' Zo zei hij dat, 'de heer Rozema', alsof hij het oplas van de afspraakbevestiging. Hij herkende haar, ze was de dochter van Ubbink. Ze pakte de agenda, schreef wat op en zei: 'Gaat u maar even zitten, hij is nog in bespreking.' Hij overwoog te vragen hoe het met haar vader ging maar zag ervan af.

Zijn tas zette hij op de kuipstoel naast zich. De dochter van Ubbink kwam achter het kogelvrije glas vandaan en vroeg: 'Wilt u misschien een kopje koffie?'

Hij dacht na. Voor allebei de standpunten was iets te

zeggen, dus besloot hij op zijn eigen voorkeur af te gaan en antwoordde: 'Graag.'

'Suiker en melk?' vroeg ze, zo snel dat het hem overviel, en hoewel hij gewoonlijk allebei in zijn koffie dronk zei hij nee, want hij wilde haar niet tot last zijn. Toen ze terugkwam met een wit plastic bekertje vroeg hij: 'Ben jij niet de dochter van Ubbink?' en nadat ze dat had bevestigd zei hij: 'Ik heb bij je vader in de klas gezeten.'

Ze zei: 'Ja, dat weet ik.'

Het was warm.

En toen hij bedacht dat hij haar kon vragen hoe het met haar vader ging, zat ze al weer verschanst achter het kogelvrije glas.

Nu hoorde hij stemmen; er ging een deur open. De oude Rozema verscheen, in gezelschap van iemand die Rensing niet kende. Ze waren druk in gesprek, maar toen Rozema Rensing zag, gaf hij hem een knipoog terwijl hij zijn gesprekspartner uitgeleide deed.

Toen kwam hij naar Rensing toe en gaf hem een joviale handdruk, hij sloeg hem op de schouder en Rensing vroeg zich af of hij hetzelfde terug moest doen. Het werd een onhandig aaitje over het schouderblad van het donkerbruine jasje, waar Rozema niet op reageerde. 'Kun je nog wat koffie brengen, Petra? Alles erin?' Dit laatste was gericht aan Rensing, die dat niet meteen doorhad en 'Alstublieft' antwoordde, waarop Rozema tegen Petra Ubbink 'Een zwart, een met alles' zei, en Rensing toen meenam naar het kamertje waaruit hij zojuist naar buiten was gekomen. Er stonden nog twee gebruikte koffiekopjes en een bordje met speculaaskruimels.

'Neem plaats,' zei Rozema, en zelf ging hij ook zitten.

Petra kwam binnen met twee kopjes en zette ze voor de mannen neer.

Rozema bracht de begrafenis en de bruiloft op en vroeg naar Rensings moeder en het huwelijkse leven; Rensing antwoordde zo goed als hij kon. Rozema zei: 'Ik zie je nooit bij de vergaderingen van de winkeliersvereniging,' en Rensing zei dat dat goed mogelijk was, dat hij inderdaad niet vaak kwam, maar dat hij beloofde dat hij binnenkort een vergadering zou bijwonen, en anders zijn vrouw.

'Voel je niet verplicht, hoor,' zei Rozema. Toen bracht hij het koffiekopje naar zijn mond, nam een slok, zette het terug op de schotel, veegde zijn mond af met de rug van zijn hand en zei: 'En nu ga je me vertellen waar je geld voor nodig hebt.'

Rensing klikte de oude schooltas open en haalde er de papieren uit die hij zorgvuldig verzameld en gesorteerd had, de schetsen met potlood en liniaal die hij in de avonduren gefabriceerd had. Hij legde ze op stapeltjes, zoals hij thuis had geoefend, klikte de tas weer dicht en zette hem op de grond. Hij zei: 'De slagerij is ouderwets.'

'Aha, je wilt moderniseren. Je wilt niet weten hoe vaak het zo gaat, de vader komt te overlijden en de zoon begint de boel direct te moderniseren.'

'Nee. Of ja. Ik bedoel: alle slagerijen zijn ouderwets.'

Hij liet de schets zien van een nieuwe winkelinrichting en zei: 'Een nieuwe winkel, waar je van tevoren kunt bestellen.' Hij pakte de offerte van de aannemer voor de asfaltering van het achtererf en zei: 'Met drive-in.' Hij toonde de begroting en zei: 'En dit gaat het kosten.'

Rozema wierp een blik op de plannen. Toen keek hij op

en zei: 'Een drive-inslagerij. Op z'n Amerikaans. Waarom?'

Rensing haalde diep adem.

'De mensen willen niet uitstappen. En als ze op de fiets komen, willen ze geen tien minuten in de winkel moeten wachten. Dat doen ze in Amerika ook niet.'

Rozema knikte peinzend.

'Het slagerijwezen staat al jaren stil,' vervolgde Rensing. 'Het is tijd dat iemand voor vernieuwing zorgt.'

'En die iemand, dat ben jij.'

Rensing knikte.

'Waarom jij?'

'Omdat ik weet wat ik doe.'

'Ik bedoel: wat heb jij wat een ander niet heeft?'

Rensing zei niets.

Rozema nipte van zijn koffie, pakte de begroting weer op en leunde achterover.

'Hoe ben je hierop gekomen, als ik vragen mag?'

'Diep nadenken,' zei Rensing.

'Weet je zeker dat het gaat werken?'

'Ja,' zei Rensing.

'We zijn hier niet in Amerika.'

'Nog niet.'

'En waarom heeft niemand anders dit bedacht?'

'Omdat niemand erover heeft nagedacht.'

'Hm.'

Rozema leunde achterover; zijn brede stropdas hing vanaf zijn keel tot zijn middenrif recht naar beneden en bolde dan mee met zijn buik. Rensing keek naar zijn eigen stropdas, die hij veel te kort had gestrikt; Jacomine had gezegd dat hij het over moest doen, dat zulke dingen belangrijk zijn.

Rozema leunde achterover met een van Rensings papieren in de hand. 'Weet je wat ik denk?'

'Nee,' antwoordde Rensing.

'Ik denk dat jij te lang hebt nagedacht.'

Maar toen deed Rozema zijn ogen dicht en dacht aan dat prachtige winkelpand op die A-locatie in de Molenstraat, met grote ramen links en rechts, geen erfpacht, eigen grond, gebouwd ergens halverwege de negentiende eeuw toen ze nog van bouwen wisten, dubbelsteense buitenmuren, het dak gestut door dikke houten spanten. En ook dacht hij aan zijn pensioen dat over een jaar en elf maanden zou beginnen en waarvoor hij een klein pleziervaartuig met kajuit had aangeschaft dat niemand hem nog afnam. Hij was hier geboren en getogen, had vier maanden in Apeldoorn gewoond voor de filiaalleidersopleiding van de Middenstandsbank maar was direct weer teruggekomen, hij droeg dit dorp en de winkeliers, de boeren, de aannemers, de transportbedrijven en wat er allemaal wel niet gevestigd was een warm hart toe, al het beste wenste hij ze, maar bovenal, het meest van alles, want hij was wel goed maar niet gek, dacht hij eraan dat hij de rentestand die ochtend op 11,85% had zien staan zodat noch hij, noch de Middenstandsbank enig serieus risico liep om daadwerkelijk verlies te lijden op deze transactie, zelfs al ontstond er stagflatie van Wall Street tot de Nikkei, en dus vroeg hij Rensing aan wat voor bedrag hij dacht, waarna Rensing een getal noemde dat op de schaal der dingen nog best meeviel, zeker als je bedacht dat er boven op de rente nog een risicotoeslag kwam die Rozema ter plekke vaststelde op 1,15% zodat je op een mooi rond percentage van dertien uitkwam, waarmee de principaal in niet meer dan zeven en driekwart jaar uit rentebaten zou zijn afgelost, en dus dacht hij: 'Wat kan het mij ook schelen', en hij stond op, schudde Rensing de hand en zei dat Petra zou bellen als de papieren in orde waren, en Rensing stond ook op, dronk nog snel de koffie op en liet zich door Rozema naar buiten begeleiden.

Op weg naar huis dacht Rensing: waar maakte ik me druk om? Goede ideeën zijn goede ideeën, kwaliteit wordt heus wel als zodanig herkend door mensen die er verstand van hebben.

Op de dag van de heropening droeg Rensing een nieuwe slagersjas, smetteloos wit, de randen afgezoomd met een rood-wit ruitjespatroon. Op de borst stond in sierlijke schrijfletters ÉCHT VLEES geborduurd. Op deze bijzondere ochtend had hij de deur met een haast plechtige beweging van het slot gehaald. Hij liep de winkel door, verschoof een statafel een centimeter, legde de bestellijsten recht en controleerde voor de derde keer of de potloden in de beker goed geslepen waren. Hij liep naar achter, door de slachtruimte naar het luik dat Staghouwer, de aannemer, in de achterwand had gemaakt. Hij riep Jacomine, vroeg of ze het belsnoer wilde testen, en ze liep in haar kamerjas naar buiten en ging op het snoer staan: een oorverdovende bel schalde door de winkel, het volume nog versterkt door de weergalm van de betegelde wanden en vloer van de slachtruimte. Het gonsde na in Rensings oren.

Het wachten was op de eerste klant. Drie weken was de winkel dicht geweest, en om de verbeelding te prikkelen had hij grote posters op de winkelruit gehangen: VLEES VAN NU UIT DE WINKEL VAN MORGEN – KWALITEIT VAN OUDSHER MET DE SERVICE VAN VANDAAG.

Hij ging achter de toonbank staan en wachtte. Haast

onbeweeglijk liet hij de minuten wegtikken. Meestal had hij 's ochtends genoeg nuttigs te doen, gewoonlijk kwamen de klanten niet zo vroeg, maar vandaag was een bijzondere dag.

En net toen hij een ogenblik in de slachtruimte stond om zijn handen te wassen, klonk de winkelbel.

Hij versteende.

Langzaam draaide hij de kraan dicht, schudde het overtollige water van zijn handen, droogde ze af. Niets overhaasten. Hij trok aan de revers zodat zijn jas mooi recht zat en beklom toen haast plechtig de trede naar de klapdeurtjes die toegang verschaften tot de winkel.

Maar Jacomine was hem voor; hij hoorde haar groeten. Hij had haar uitgebreid geïnstrueerd. Ze had tegengestribbeld, zei dat ze het onnatuurlijk vond; maar uiteindelijk had ze zich erbij neergelegd.

Hij bleef uit het zicht staan.

'Welkom,' hoorde hij haar zeggen. 'We hebben een nieuw winkelconcept. Zal ik uitleggen hoe het werkt?'

Rensing herkende de stem van de klant niet.

'Het is de bedoeling dat u bij die statafel een bestellijst pakt. Neemt u er maar een. En dan noteert u gewoon wat u wilt hebben. Potloden staan in de beker.'

'Wat enig,' zei de vrouwenstem.

Nu staat ze bij de statafel, dacht Rensing. En vult ze de boodschappenlijst in. In gedachten zag hij haar met de punt van het potlood de kolommen afgaan, langs de heerlijkheden die hij aanbood. Speciaal voor de opening had hij aangepaste lijsten laten drukken met voordeelprijzen erop: de oude prijs met een streep erdoor, de nieuwe prijs onderstreept. Om de heropening te vieren.

'Schouderham,' hoorde hij Jacomine zeggen. 'Hoeveel had u daarvan gewild?'

'Doet u maar anderhalf ons,' antwoordde de vrouw.

Hij haastte zich door de klapdeurtjes en pakte het bestelformulier uit de handen van zijn vrouw. 'U had de hoeveelheid moeten noteren,' zei hij tegen de klant. Het bleek mevrouw Gankema te zijn.

'Kijk, u hebt een kruisje gezet maar u moet het aantal gram invullen, anders weten we niet hoeveel u wilt.'

'O,' zei de vrouw. 'Zal ik dat nog doen?'

'Nee, ik doe het wel,' zei Rensing. Hij pakte een pen uit de zak van zijn slagersjas. 'Een ons was het toch?'

'Anderhalf,' verbeterde ze.

0,15 kg, schreef hij op.

'Het is natuurlijk wel even wennen,' zei Jacomine.

'Maar uiteindelijk is het handiger,' zei Rensing.

'Dat geloof ik graag,' zei mevrouw Gankema.

'We hebben ook een drive-in, dan hoeft u niet eens uit te stappen,' zei Rensing.

'O, maar dat is niets voor mij. Dan ga ik de gesprekjes met uw vrouw te veel missen.'

Jacomine glimlachte naar haar. 'Anders nog iets?' vroeg ze, en ze voelde de blik van haar man. 'O nee, dat vragen we niet meer.'

'Ik kan u wat bestelformulieren meegeven,' zei Rensing. 'Dan kunt u ze van tevoren invullen. En als u wilt kunt u ze in de bus naast de deur deponeren. Wilt u er een paar?'

'Ach ja, waarom niet,' zei mevrouw Gankema lacherig.

Ze rekende af. Voordat ze de deur achter zich sloot, draaide ze zich om en zei: 'Veel succes met het nieuwe concept.'

Het klonk als een afscheid.

De tweede klant kwam toen Jacomine boven was.

Bij het horen van de bel kwam Rensing uit de slachtruimte, controleerde in de spiegel of zijn jas recht zat en duwde toen de klapdeurtjes open. Hij stond oog in oog met Jans.

'O, jij bent het,' zei hij. Ze verspreidde een zurige geur. 'We hebben de winkel veranderd,' zei hij. 'We werken nu met bestellijsten...' Zonder een woord te zeggen opende ze haar hand boven de toonbank en liet er een paar zweterige munten uit vallen.

'Doe maar twee schijven bakbloedworst,' zei ze.

Ze had één gulden vijftien neergelegd.

'Je hebt één zestig nodig, Jans,' zei Rensing.

Ze doorzocht haar jaszakken en vond nog een kwartje. Eén veertig.

Rensing pakte een schaaltje en legde er een schijf bloedworst op. Tachtig cent per plak, dan is er nog zestig cent over. Driekwart plak. Zo goed en zo kwaad als het ging sneed hij een kwart van een tweede plak af. De rest legde hij op het schaaltje. Het kruimelde. Hij keek naar het overgebleven deel, haalde zijn schouders op en legde het er toen ook maar bij.

'Het is goed, Jans,' zei hij, terwijl hij alles in een zakje deed. Hij veegde de munten van de toonbank en legde ze opzij. Eerst afwassen.

Zonder iets te zeggen greep ze het zakje van de vitrine, draaide zich om en liep naar buiten.

’s Avonds bij het opmaken van de kas was nog niet direct merkbaar dat het vernieuwde concept tot een hogere omzet leidde. Ze hadden een prima dag gedraaid, maar dat kwam waarschijnlijk vooral doordat mensen nieuwsgierig waren.

‘Komt nog,’ zei Rensing, en Jacomine antwoordde: ‘Ze vinden het ingewikkeld.’ Rensing zei: ‘Ze moeten wennen,’ en Jacomine zei bedachtzaam: ‘Dat zal het zijn.’

Maar het wennen duurde lang: iedere ochtend maakte Rensing een paar minuten voor openingstijd het kastje aan de gevel open om de bestellingen eruit te halen, maar er zat nooit iets in. En ook van de drive-inmogelijkheid werd geen gebruik gemaakt. De eerste dagen liep Rensing een paar keer om het huis heen om op het belsnoer te staan, en steeds opnieuw bevestigde Jacomine dat ze de bel luid en duidelijk kon horen.

Als de klanten bij de toonbank probeerden te bestellen, wees Rensing op de statafels en legde nogmaals uit wat de bedoeling was. Jacomine was minder strikt, als haar man niet in de winkel stond bediende ze de klanten op dezelfde manier als altijd.

Rensing bleef de klanten wijzen op de mogelijkheid om

hun bestellijst van tevoren in de bus te deponeren die naast de winkeldeur hing, en dan antwoordden ze dat ze dat de volgende keer zeker zouden doen. In de herfst, toen het regende en waaide en de avond vroeg viel zodat de dorpsjeugd in het donker door de straten trok, lag de bus op een ochtend op de klinkers met het deurtje ernaast.

De drive-in verging het niet beter. Ergens in de zomer haalde Rensing de stekker van het belsnoer eruit omdat hij het stopcontact nodig had voor de bloedroerinstallatie; pas na twee weken kwam hij erachter dat hij de stekker niet meer in het stopcontact had gedaan. Uiteindelijk legde hij een laken over de tweede kassa zodat hij hem voor in de winkel zou kunnen gebruiken als de huidige kassa versleten was.

Op een ochtend kwam Jans weer bij de slagerij, waar tot Jacomines opluchting op dat moment geen andere klanten aanwezig waren, en zei: 'Ze binnen dood. Allebei.'

Ze barstte in snikken uit.

Jacomine duwde de saloondeurtjes open en riep niet al te hard naar Rensing: 'Kom even, Jans is er.'

Aan Jans vroeg ze: 'Over wie heb je het?'

'De kippen. Onder een auto.'

'Op het Hogediep?'

'Ja.'

'Heb je ze niet in een hok zitten?'

'Hij is zomaar doorgereden.'

Ze haalde haar neus op, graaide in haar tas en haalde er een kip uit, die ze op de toonbank legde. De kop en nek waren platgewalst. Het dier miste een vleugel, maar die diepte Jans ook uit de tas op en legde hem naast het beest op de toonbank. 'Esmeralda,' zei ze. Hierna keerde ze de tas binnenstebuiten op de toonbank; er vielen stukken vlees uit, veren, darmen. Een losse klauw viel in de vitrine en belandde tussen de slavinken. 'Lucinda.'

Ze frommelde de tas tot een prop en stak hem in haar jaszak. Het zou Rensing niks verbazen als ze sliep in die jas, zo aftands zag hij eruit. Nu vielen er tranen op die slakkensporen achterlieten. Het maakte niet uit: er ging toch niemand meer om met Jans – het medegevoel, het plichtsbesef, de medemenselijkheid die sommige buren en dorpsgenoten in het eerste deel van haar leven nog wel eens aan de dag hadden gelegd, verloren het nu van de afschuw.

'Kan je daar wat mee?' vroeg ze tussen het snikken door.

Rensing staarde naar de gehavende dierenlijken die ze op het glimmende formica had gedumpt. Hij bewoog niet.

Jacomine wel. Ze viste de klauw uit de slavinken, verzamelde de rest van de kippen en legde alles op een tray. 'Hij gaat voor je kijken, Jans,' zei ze. Ze gaf de tray aan haar man en zei: 'Ga maar even naar achteren.' Gehoorzaam draaide hij zich om en verdween door de klapdeurtjes. 'Wacht maar even. Hij maakt er wel wat van,' zei ze tegen Jans. 'Ga lekker een rondje lopen en dan kom je zo weer terug.' Ze liep om de toonbank heen en hield de deur voor Jans open.

In de slachtruimte zette Rensing de tray op het aanrecht. Er liep een bandenspoor over Lucinda's kop. Hij viste de klauw op en gooide hem in de vuilnisemmer. Toen haalde hij zijn schouders op en kieperde de hele rest erachteraan, trok de koelkast open en haalde er twee kippen uit. Hij kliefde ze in stukken en verpakte ze in vetvrij papier.

Hij keerde terug naar de winkel. 'Ze loopt even een rondje,' zei Jacomine.

‘Heb je haar weggestuurd?’ vroeg Rensing. Maar op dat moment verscheen Jans weer voor het winkelraam. Rensing liep om de toonbank heen, deed de deur open en gaf haar het pakje. ‘Hier, Jans,’ zei hij. Ze stak haar hand in haar jaszak en haalde er een handvol muntjes uit. Ze keek ernaar en wachtte tot Rensing een bedrag zou noemen. ‘’t Is wel goed,’ zei hij. Jans mompelde een bedankje. ‘Als je nog eens zoiets hebt, kom je maar terug,’ zei hij. ‘Maar loop je dan wel achterom?’

‘Joa,’ antwoordde ze. Ze draaide zich om en liep weg. Rensing liep weer terug naar zijn plek achter de toonbank en wachtte op de volgende klant.

Op een dag na het eten zei Jacomine: 'We bloeden leeg. Er moet iets veranderen.'

Het was anderhalf jaar na de grote verbouwing. Van Rensings grote vernieuwingen was niets meer over. De verkoop verliep weer zoals de verkoop altijd was gegaan, zoals de verkoop in alle slagerijen van de wereld gaat. Niks vernieuwing. Niks revolutie.

Jacomine zat aan de keukentafel over het grootboek gebogen. Ze had water voor koffie opgezet.

'Er komt niet genoeg binnen en er gaat te veel uit. We moeten over een nieuwe rente onderhandelen. Dan krijgen we een boete, maar dat moet dan maar. Ik heb een afspraak bij de Middenstandsbank gemaakt. Morgenmiddag halfvier. Ik doe het woord.'

'Zeg maar af.'

'Het is of dat, of sluiten.'

'Welnee.'

Jacomine sloeg het kasboek dicht en stond op. Ze liep om de tafel heen en ging naast de stoel van haar man staan.

'Heb jij dan een beter idee?'

Rensing had het haar nooit durven vertellen: de statafels, de drive-in, het bestelsysteem, het waren allemaal onderdelen van zijn masterplan. Er was een ambitieus sluitstuk, een gevelsteen om de boel te bekronen. Nu kon hij het niet langer voor zich houden

'Ja,' zei hij.

'En wat mag dat dan wel wezen?'

'Mensen willen niet steeds naar de winkel komen. Ze willen gemak.'

'En dus?'

'Dus moeten wij gemak bieden.'

Jacomine keek hem geërgerd aan. 'Draai er voor één keer niet zo ontzettend lang omheen. Zeg alsjeblieft gewoon wat je bedoelt. Formuleer eens een hele zin met een kop en een staart. Is dat nou zo moeilijk?'

'Diepvrieskisten.'

'Wat?'

'Om het vlees in te bewaren.'

'Waar heb je het over? We hebben een hele koelcel. En als dat niet genoeg zou zijn, kunnen we planken in het koelhuis huren.'

'Niet voor ons. Voor de mensen.'

'Welke mensen? Over wie heb je het?'

'De mensen die in de winkel komen.'

'De klanten, bedoel je. Wil je diepvriezen gaan weggeven?'

'Niet weggeven. Huurkoop.'

Jacomine liep weer om de tafel heen naar haar stoel. Ze ging zitten. Ze keek naar haar man.

'Ik snap je niet. Je wilt in witgoed gaan handelen?'

'De mensen willen gemak. Ze willen niet om de zoveel dagen boodschappen doen.'

'Volgens mij zijn er genoeg mensen die maar al te graag af en toe een praatje komen maken.'

'En dan sluiten ze abonnementen af voor de diepvrieskisten. Totdat ze die hebben afbetaald.'

Ze stond op, liep naar het fornuis en draaide het vuur onder het koffiewater uit.

'Je gaat bijna failliet en nu wil je diepvrieskisten op afbetaling gaan leveren?'

'Het is mijn winkel,' wilde hij zeggen, maar nog voordat hij een woord had uitgebracht onderbrak ze hem al: 'Nee, nu mag ik. Jij bent al lang genoeg aan het woord en je maakt er een potje van. Nu ben ik aan de beurt.'

Hij deed zijn mond weer open, maar ze zei: 'Nee, stil. Je hoort me best en ik zeg dat jij stil moet zijn want jij bent nu al tien jaar lang aan het woord en ik krijg er geen speld tussen.' Ze pakte twee kippenbotjes van haar bord. 'Je hebt twee opties,' zei ze. Ze stak een botje in de lucht. 'Dit is de eerste. Die is dat je over een maand of drie, vier geen winkel meer hebt, dat de bank dit pand verkoopt, dat we verhuizen naar een huurwoning aan de Fazantenhof en dat jij met een beetje geluk op de vleesafdeling van de Voordeelmarkt terechtkan. Fabrieksberliner snijden. Dan mag je dingen zeggen als: "Speklappies om te zoenen zo mooi, mevrouw, en ze zijn deze week net in de aanbieding." Kant-en-klare pepersteaks uit het distributiecentrum ontdooien. Twee keer per week de koelwagen uitladen met twee vijftienjarigen met een beugel die iedere seconde dat jij niet oplet aan de andere kant van de wagen een shagje gaan roken. Is dat wat je wil? Nee, dat lijkt me duidelijk. Dat wil je niet.'

Ze legde het kippenbotje naast haar bord en stak het

tweede omhoog. 'Dan blijft deze optie over. En die is: we gaan naar de bank. We kruipen, we vragen, we smeken of de rente alsjeblieft een ietsiepietsie naar beneden kan. En als we dan heel erg veel geluk hebben en die man heeft 's ochtends geen ruzie met zijn vrouw gehad, dan zegt hij heel misschien ja en dan kan jij best mooie beestjes blijven uitzoeken waar je best mooie karbonaadjes uit snijdt. Want met die belachelijk dure dieren is het dan ook afgelopen. Of moet ik je de cijfers laten zien?'

Rensing gaf geen antwoord.

'Of moet ik je de cijfers laten zien?' zei ze nog eens.

'De winkel moet openblijven,' zei hij langzaam.

'Precies.'

'Morgenmiddag moet hij openblijven, bedoel ik. Dus ik ga naar de bank. Jij niet. Jij blijft hier.'

'Ik ga mee. Ik vertrouw je niet.'

'Het is mijn zaak.'

'Het is onze zaak.'

'Ik ben degene die tekent.'

Jacomine zuchtte. 'Goed, dan ga je alleen. Maar dan gaan we vanavond oefenen wat je moet zeggen en hoe je je moet gedragen. En o wee als je het verknalt. Hoor je me?'

Rensing zweeg.

'Hoor je me?'

'Ja.'

'En als jij morgen, bij de bank, met één' – haar priemende wijsvinger was strak gespannen – 'één woord over dat bespottelijke diepvriesplan rept, dan is het over en uit met de winkel. En met ons. Hoor je wat ik zeg?'

Na de koffie stelde ze hem anderhalf uur lang vervelende vragen, ze corrigeerde hem net zo lang totdat hij normaal antwoord gaf. Vier keer liet ze hem uitleggen waarom ze het met lagere maandlasten wél zouden redden en wat voor structurele bezuinigingen ze zouden doorvoeren. Toen liet ze het hem nog een vijfde keer uitleggen. En een zesde.

In bed trok ze hem af zodat hij goed zou slapen. En de volgende dag kreeg hij twee boterhammen met likkepot en één kop koffie als middageten. Daarna hielp ze hem met aankleden, geen pak deze keer want dat sloeg nergens op, daar trapte niemand in. Een nette broek met vouw voorin, een lichtbruin overhemd, een stropdas en een trui met v-hals. Om tien voor halfvier gaf ze hem de ordner met papieren en liep hij de deur uit.

Het was een mooie middag. Niet te koud, maar ook niet zo warm dat de vitrine stroom slurpte. Hij was iets te vroeg vertrokken, het was nog geen vijf minuten lopen, en dus besloot hij om een kleine omweg te maken.

Geen diepvrieskisten dus. Geen revolutie in het slagersbedrijf. De hele ochtend had hij rookworsten gemaakt. Voor het eerst had hij tijd om alles te overdenken.

Dit was een stap terug. En hij hield niet van stappen terug. Als je de punt van het mes achter het schouderblad stak en er zat nog vlees tussen het lemmet en het bot, dan moest je het mes niet terugtrekken want dan was je alles kwijt, dan kon je gehakt gaan draaien. Nee, dan moest je doorgaan en redden wat er te redden viel.

Het was gisteren allemaal zo snel gegaan, hij had nog geen kans gezien om alles te verwerken. Hij moest afwegen wat deze dag voor hem betekende, voor zijn winkel en de toekomst daarvan, voor zijn plannen, de revolutie die hij wilde ontketenen, en vooral voor zijn vlees, want Jacomine had hem verdomd duidelijk gemaakt dat een deel van het bedrijfsplan was dat er voortaan alleen gewone dieren werden ingekocht, niks uitzonderlijks meer. De firma Rensing werd geen topslager maar gewoon een prima, hopelijk goedlopend kleinbedrijf.

Hij merkte dat hij langzamer ging lopen. De schooltas botste tegen zijn bovenbeen. Hij voelde de stropdas om zijn nek knellen, heel anders dan een hemd met een witte jas eroverheen waarin je ruimte had, grote armbewegingen kon maken, wat maar goed ook was want dat de handlier was vervangen door een elektrische betekende niet dat het slagersvak niet zwaar meer was, niet voor niets was hij zo breed als een os, enorme bovenarmen had hij, van het zagen en het hakken en het tillen: een taaie, vezelige spiermassa. Ooit had hij een stierenkalf geslacht dat hem aan hemzelf deed denken, in de stugge ogen dacht hij zichzelf te herkennen. Bij het uitladen had hij zich schrap gezet omdat hij rekende op verzet, maar uiteindelijk had het beest zich niet verweerd en zich gedwee naar de slachtruimte laten leiden.

Hij keek op zijn horloge. Tijd om naar de bank te gaan.

Alles in hem verzette zich ertegen.

Om drie over halfvier duwde hij tegen de glazen deur van de Middenstandsbank. Sinds de vorige keer was het interieur op de schop gegaan: het kogelvrije glas was verwijderd en de balie was beplakt met een fineerlaag van eikenhout waarop een vetplant was neergezet.

'Goedemiddag,' zei een aantrekkelijke jonge vrouw met grote oorbellen en opgestoken haar, gekleed in een rood jasje en een zwarte kokerrok. 'Wat kan ik voor u doen?' Achter haar hing een ingelijste poster van drie glimlachende mensen met op de achtergrond, half in focus, een bloemenwinkel. De meest linkse, een man, gaf een sleutel aan de andere twee, een man en een vrouw. Ze zagen er alle drie blij uit. Eroverheen stond in witte schreefletters: 'Middenstandsbank. Ook voor úw zaak.'

'Ik heb een afspraak met de heer...' – hij had de naam niet onthouden.

'Van Trigt misschien?' zei ze behulpzaam.

'Ja,' zei hij. 'Dank u.'

'Neemt u maar even plaats,' Ze pakte de hoorn van het telefoontoestel, drukte een knop in en zei: 'Uw afspraak is er.'

Er waren nieuwe stoelen: licht hout met zittingen en rugleuningen in het blauw van het logo. Op een tafeltje lagen tijdschriften met titels als *Eerste Huis & Hypotheek* en *Eigen Bedrijf.* Hij pakte er eentje op, bladerde erdoorheen en legde het weer weg. Er hingen zeefdrukken aan de wand, abstracte lijnen, vormen in verschillende kleuren. Wandvulling. Hij vroeg zich af of de maker op meer had gehoopt.

Na een minuut of tien ging een glazen deur met een zoemtoon open en er kwam een lange, jonge man tevoorschijn. Hij droeg een donkergrijs pak met smalle revers en een opvallend smalle, geel met paars gestreepte stropdas. Om zijn mond lag een zweem van de glimlach van iemand die net in de spiegel heeft gekeken en niet ontevreden was met wat hij zag. Hij gaf zijn koffiekopje aan de vrouw die achter de balie stond en zei: 'Nog een, alsjeblieft, Lydia.' Tegen Rensing zei hij: 'Komt u?'

Hij ging Rensing voor naar hetzelfde kamertje als de vorige keer, maar nu hing er een bordje naast de deur met de tekst 0.2 SPREEKKAMER.

De opstelling was veranderd: in plaats van een tafel met stoelen eromheen stond er nu een bureau met een computer, waar Van Trigt achter ging zitten. Rensing kon het scherm niet zien; de ander tikte wat in en keek kort op, wuifde naar een stoel en zei: 'Ga maar zitten, hoor.'

Lydia kwam binnen en zette de kop koffie bij Van Trigt. Aan Rensing vroeg ze: 'Wilt u ook?', en hij antwoordde: 'Graag'; ze liep weg en kwam bijna direct weer terug met een plastic bekertje. Toen ze al weer bijna de kamer uit was, draaide ze zich om en zei: 'Suiker en melk?' Rensing dacht even na en zei: 'Nee. Dank u.'

Van Trigt was uitgetypt. Hij schoof het toetsenbord weg. 'En wat kan ik voor u doen?' vroeg hij.

Daar overviel hij Rensing mee, maar na enige tijd wist hij uit te brengen: 'Een lening.'

'Dat was me duidelijk. Als wie zit u hier?'

'Als wie?' vroeg Rensing verbijsterd.

'Ik bedoel: bent u particulier of komt u voor een zakelijke lening?'

'Een zakelijke.'

'U hebt een zaak?'

'Een slagerij. In de Molenstraat. Rensing & Zoon.'

'Aha, een familiebedrijf.'

'De Rensing is dood. De zoon ben ik.'

'Aha,' zei de ander, en hij maakte een aantekening. 'Het komt vaker voor na een generatiewisseling. Dat er een zoon is met nieuwe ideeën...'

'Mijn vader is al vier jaar dood.'

'Hoe dan ook. De Molenstraat, dat is toch die zijstraat van de Hoofdstraat?'

Rensing keek hem verwonderd aan. De ander zei: 'Misschien moet ik dat even uitleggen. Ik doe mijn best om zo weinig mogelijk over het dorp te weten. Ik denk dat ik dan objectiever kan zijn. Maar goed, een slagerij dus. Hebt u die al lang?'

'Vier jaar. Sinds mijn vader dood is.'

'En wat brengt u juist op dit moment naar ons?' Hij keek op het computerscherm. 'Ik zie dat u drie jaar geleden ook al voor een lening bent gekomen. Toen de winkel net een jaar bestond.'

'De winkel bestond niet een jaar, ik had hem een jaar.'

'Dat bedoel ik. Uw vader overleed, u wilde moderniseren en daarom vroeg u een lening aan.'

Rensing knikte met tegenzin.

'En waarom bent u dan alweer hier?'

'Is Rozema er niet?'

'Job Rozema is ruim een jaar geleden met pensioen gegaan.'

'Voor een lening.'

'U wilt nog een lening afsluiten?'

'Ik wil de oude lening oversluiten.'

Eindelijk betrad hij het gebied dat hij met Jacomine had geoefend.

Van Trigt keek op het scherm. 'Ja, dat begrijp ik. U hebt de rente op het allerhoogste punt vastgezet.'

Rensing zei niets.

'U hebt de kerncijfers bij u, neem ik aan?'

Rensing haalde de ordner tevoorschijn die Jacomine had voorbereid. Hij klikte de ringen open, haalde de papieren met de omzet van de afgelopen maanden eruit en klikte de ringen weer dicht. Hij gaf ze aan de man die tegenover hem zat, die ze met een moeilijk gezicht bestudeerde.

'Waar moet ik kijken?' zei hij op het moment dat Rensing zijn mond opendeed om een toelichting te geven. 'O, ik zie het al. Oei, dat is geen hoge omzet. Hm. En wat is deze kolom? Ah zo.' En opeens sloeg hij zijn ogen op en keek Rensing strak aan. 'Dit ziet er niet best uit. Ik neem aan dat u een diploma algemene handelskennis hebt?'

'Ik heb de Slagersvakschool gedaan,' zei Rensing.

'Is dat een erkende opleiding?'

Rensing dacht terug aan de vorige avond, aan de vragen die Jacomine hem net zo lang was blijven stellen totdat hij op een neutrale toon antwoord kon geven, en hij slikte de gedachte weg dat zo'n kwalletje dacht dat je met alleen een handelskennisdiploma een slagerij kon runnen. En ook bedacht hij dat hij dit ventje met één hand bij de kraag zou kunnen optillen en tegen de grond zou kunnen kwakken, wat dacht dat Randstadse butje wel, met z'n kaaklijn en z'n Lättä en z'n Philishave, wat wist dat joch nou behalve dat je een pa moet hebben die je bij de bank naar binnen loodst, dat rotmunkeltje met z'n dunne lippen, dunne dasje, dunne revers, dunne borstkas, stok, spriet, wat denk je godverdomme man, en bijna was hij overeind gekomen en had hij zijn ossenborst nog breder gemaakt dan-ie al was en had-ie de ander met een enkele slag van zijn machtige arm tegen het beeldmerkblauwe tapijt gemept... Maar hij wist zich te beheersen want dit moment was groter dan hij, het ging om de winkel, en hij haalde diep adem en sloot een ogenblik zijn ogen, niet zo lang dat het de ander zou opvallen maar lang genoeg om de tegels in de slagerij voor zich te zien, de koele, witte, rustige tegels met de zachte grijze voegen ertussen, en het gezoem van de koelinstallaties te horen dat dezelfde uitwerking op hem had als op een ander het ruisen van de zee, als de golven die op de rotsen kapotslaan en daarbij al hun kracht verliezen en zich dan langzaam terugtrekken, en daarom zei hij met heldere stem: 'Ja. Dat is een beroepsopleiding. In Leeuwarden.'

Van Trigt voerde het in de computer in. 'Slagersvakschool – beroepsopleiding – Leeuwarden.' Hij sprak het uit: Leeuwárden. 'U hebt het diploma zeker niet toevallig bij u?'

Rensing schudde het hoofd.

'Misschien dat u dat voor sluitingstijd nog kunt langsbrengen?'

Rensing knikte langzaam.

Van Trigt legde de papieren op tafel en keek hem indringend aan. Hij legde zijn handpalmen plat voor zich en zei: 'Laten we de rollen eens omdraaien. Stel dat ik naar u kwam met zulke cijfers als u mij nu laat zien. Een bedrijf waar iedere maand geld bij moet. Zou u mij dan een lening geven?'

Rensing zweeg.

'Laat ik het zo zeggen. Er zijn honderden winkels zoals die van u. Sommige draaien goed, andere wat minder. In uw geval heb ik niet de indruk dat u op eigen kracht het hoofd boven water kunt houden. Dan kunnen wij er tienduizenden guldens in pompen, maar voor ons is dat dweilen met de kraan open. En uiteindelijk bent u er zelf ook niet bij gebaat.'

Rensing had nog steeds niks te zeggen.

'Dus als u in mijn schoenen stond, als u hier zat en ik kwam met die cijfers om een zak met geld vragen, zou u dat mij dan geven?'

Rensing zei: 'Ja.'
'En waarom dan?'
Rensing ademde diep in en zei: 'Diepvrieskisten.'

Tien minuten later stond hij buiten met de toezegging dat hij een schriftelijke bevestiging van de afwijzing zou krijgen. Van Trigt had de papieren ingenomen voor het dossier en Rensing stond met een schooltas voor de deur van het bankfiliaal.

Er scheen een vergissing te zijn gemaakt, dacht hij. De slagerij kón niet ophouden te bestaan. Die was er altijd al geweest, net als het grint of de bomen. Hij moest bijna lachen om de absurditeit.

Hij probeerde aan niets anders te denken dan aan de dingen om hem heen, het geklater van de fontein bij het stadhuis, het bedje afrikaantjes in een voortuin. Hij liep de Spreeuwenweg af naar de rand van de bebouwde kom en verder, de weilanden in.

Het was een lichte dag aan het begin van de herfst, hij rook mest en rottend gras, watervlooien wierpen kleine druppels op. Af en toe hoorde hij een trekker aankomen die hij kon nakijken totdat hij in de verte het erf van een boerderij op draaide. Hij verbaasde zich erover dat hij op een doordeweekse dag door de weilanden liep, zomaar zonder doel, in overhemd, met de trui over zijn arm. Jacomine paste op de winkel; hij had niet gezegd hoe laat hij terug zou zijn.

Hij liep langs de weg, met zijn oude schooltas tegen zich aan. Hij zag het nu steeds duidelijker voor zich: er is geen uitweg. Die is er nooit geweest.

Ik wil dit niet, dacht hij.

In zijn portemonnee zat achthonderd gulden. Nog van eergisteren, van de veemarkt. Zestien hotelovernachtingen. Een treinkaartje Parijs. Een enkele reis Amerika. Hij had opties. Hij kon iets doen. Jacomine redde zich wel, die kon heel wat hebben, daar was hij in de loop van de tijd van overtuigd geraakt. Die zou het vlees voortaan geslacht inkopen en de slagerij winstgevender maken dan ooit. Ze zou al zijn belachelijke plannetjes terugdraaien en zich laten begeleiden door de verkoper van het slachthuis, perfect acceptabel vlees in de vitrine leggen en een omzet draaien waar hij zelf alleen maar van kon dromen. Misschien zou ze hotels en eethuisjes in de omringende dorpen beleveren, één of twee knechten in dienst nemen en de hele dag op pad zijn. Een klein autootje voor zichzelf aanschaffen, onderhandelingen voeren. Nette kleren kopen, dan was ze in één klap een zakenvrouw. Geld opzijzetten en de boel op haar vijftigste van de hand doen en de rest van haar leven op vakantie gaan. Een nieuwe man zou er ook wel aan te pas komen. En ondertussen zou hij in Chicago of Parijs zitten met nog een paar honderd piek op zak. Hij sprak geen woord Frans, maar Engels ging nog wel, hij zou een slagerswinkel binnenlopen en vragen: '*I'm a diplomated butcher, do you have work for me?*'

Bestonden er eigenlijk nog slagerijen in Amerika? Of ging alles daar met slachthuizen en supermarkten? Het deed er niet toe. In een slachthuis kon hij ook terecht, en in het ergste geval op de vleesafdeling van zo'n grote supermarkt.

Het waren onzinnige gedachtes. Je moet vast een Amerikaans diploma hebben als je daar aan het werk wilt, dacht hij. Hier vertrouwen we Griekse of Spaanse diploma's ook niet.

Als hij aan het werk wilde, moest hij in Nederland blijven. Als hij wilde verdwijnen, moest hij zo ver mogelijk weg. Hij zat hartstikke klem.

Hij belandde in een wolk van vliegjes die in zijn neus, zijn mond, zijn ogen en zijn oren drongen. Hij spuugde ze uit, perste zijn lippen op elkaar en sloeg met zijn handen op zijn gezicht. Hij maakte rechtsomkeert.

Toen hij weer in de buurt van het dorp kwam, was het bijna halfzeven. Hij keek naar binnen bij bakkerij Hoving. Hij zag de leegverkochte planken, de verkoopster die de vloer aanveegde. Aan de gevel hing een gele lichtbak met in bruine letters de naam van de bakkerij, waarbij de H van Hoving was vervangen door een gestileerde boterham. Die had er vorige week nog niet gehangen. Door de winkelruit zag hij Hoving van achteren de winkel binnenkomen; hij zag Rensing en stak een hand op. Rensing beantwoordde de groet. Hij liep verder, langs de Voordeelmarkt. Voor beide kassa's stonden rijen wachtenden. RECLAME GEHAKT HOH NU F 1,99/POND stond op een plakkaat.

Rensing vloekte. De mensen moesten eens weten hoe zo'n supermarkt het voor elkaar kreeg om dat gehakt voor die prijs aan te bieden. Half-om-half? Laat me niet lachen, dacht hij. Negentig-tien verkopen ze daar. Negentig procent ziek varken uit Spanje en Portugal. Dieren die wekenlang in hun eigen stront hebben gestaan. Die nog nooit daglicht hebben gezien, die krankzinnig worden van het flakkerende tl-licht. Die elkaars oren en staarten aanvreten, die met z'n honderden in hokken gepropt staan zodat de stank de lucht tot kilometers in de omtrek verpest. Een en al stress. Adrenaline. Daar krijg je bleek, zwetend vlees van dat naar vis stinkt omdat die dieren met visafval worden gevoed. En denk maar niet dat ze voor zulk gehakt vangvlees en nek gebruiken, welnee: die gebruiken afval waar je verder niks mee kunt. Afkrabsel. Bindweefsel. Vleesdeeg.

Steeds sneller, steeds nijdiger stapte hij over de donkerrode klinkers. Hij dacht aan de Slagersvakschool, aan meneer Tjalling die hem op een van de laatste lesdagen apart had genomen en tegen hem had gezegd: 'Ik verwacht veel van jou, jongen. Je bent iets bijzonders. Je bent anders dan die anderen. Ik weet zeker dat je veel gaat bereiken.' Zo veel drek had die kerel in zijn kop gepropt dat hij erin was gaan geloven, dat hij echt had gedacht dat hij iets bijzonders tot stand zou kunnen brengen.

Daar was het bankgebouw waar hij net nog was geweest. Nu was het er doodstil: die lui deden om vier uur de deuren al dicht. Om hun centen te tellen. Hij bleef staan en keek naar binnen. Op een plank aan de wand stond een rij spaarvarkens in oplopende grootte. Naast de deur hing een metalen kastje waarop een lichtje knipperde. Op de ruit zat een sticker met een telefoonnummer dat je bij onraad moest bellen. Op een poster stond dat je gewoon even binnen moest lopen als je een kinderkamer of bedrijfspand nodig had. Afspraak maken niet nodig.

Hij voelde aan de handgreep, maar de deur zat natuurlijk potdicht. Hij overwoog de ruit te bekladden met verf.

De glazen deur met een baksteen in te gooien. Een bivakmuts op te zetten, zijn kloofbijl tegen de hals van Lydia te zetten, een rood-wit geblokt zakje op de balie te gooien en te eisen dat het met honderdjes werd gevuld. En als die kwal van een Van Trigt uit zijn kantoor zou komen, zou hij hem de schietpen tegen het voorhoofd zetten en met een grijns de trekker overhalen zodat die schoft door zijn knieën zakte en op het blauwe vloerkleed ineen zwabberde.

Maar hij liep verder.

In de Potstraat zag hij de gezinnetjes aan tafel zitten. Ze praatten, zwegen of lachten om elkaars grappen. Op nummer 11 zaten ze met z'n drieën op de bank met de borden op schoot naar *Sesamstraat* te kijken. Gehaktballen zag hij. Op nummer 13 stond een onmachtige vader tegen zijn puberzoon te schreeuwen terwijl de sukadelappen koud werden. Op nummer 15 zat mevrouw Frankema tandeloos op haar Tafeltjedekjevlees te kauwen. Op nummer 17, bij de Sijbolds, was het stil.

Meneer Sijbold had een baard en scheve tanden. Mevrouw Sijbold had piekhaar en een bril met ronde glazen. In hun achtertuin stonden twee schapen. Van de melk maakten ze kazen. In het dorp werd gezegd dat hun kindje dood was geboren en dat ze het zelf hadden gecremeerd, thuis in de open haard, gezwachteld in een laken.

De Potstraat was opgebroken. Op het trottoir lag een grote stapel klinkers.

Rensing had nooit een woord met de Sijbolds gewisseld. Het zouden wel vegetariërs zijn. Wedden dat ze inpraatten op de andere dorpsbewoners, dacht hij. Dat ze hen ervan proberen te overtuigen dat het smerig is om vlees te eten.

Dat de oermens dat ook niet deed en dat het is aangeleerd. Zulke dingen hoorde je steeds vaker, en dat kwam door mensen zoals zij.

Hij keek opnieuw naar het huis. Niets bewoog. In de voortuin tekenden de bonenstaken zich af tegen de herfstlucht. De kerktoren sloeg zeven keer. Rensing keek om zich heen. Toen pakte hij een straatsteen van de hoop, mikte hem door de keukenruit en zette het op een lopen.

‘En?’ vroeg Jacomine toen hij thuiskwam. Hij was even in de winkel blijven staan voordat hij naar boven ging om zijn gedachten te ordenen, en vooral om op adem te komen. Ze stond te koken: goulash met aardappelen en rode kool.

‘En wat?’

‘Ging het goed bij de bank?’

‘Ja, best,’ zei hij zonder haar aan te kijken.

Ze liep naar hem toe en zei ‘Zie je nou wel? Ik wist het.’ Ze nam zijn gezicht in haar handen en drukte een kus op zijn mond. ‘Wat zeiden ze?’

‘Van alles. Moet ik dat nou allemaal vertellen?’

‘Hoeveel krediet hebben we gekregen?’

‘Genoeg.’

De volgende ochtend aan het ontbijt zei hij: ‘Je moet meer vlees verkopen.’

Jacomine keek hem aan. ‘Hoe bedoel je?’ vroeg ze.

‘Je moet gewoon meer vlees verkopen.’

‘Hoezo dan?’

‘Weet ik veel.’

‘Bedoel je dat je wilt adverteren?’

‘Nee, niet adverteren.’

‘Waarom niet? Daar hebben we nu het geld voor.’

'Welnee.'

'Dat zei je toch, dat er nu geld is?'

'Er is helemaal geen geld. Over drie, vier maanden gaan we sluiten.'

'En je zei dat je krediet had.'

'Welnee.'

'Toen je gisteren thuiskwam van de bank zei je...'

'Toen zei ik dat de boel over drie, vier maanden dicht gaat.'

Hij stond op van de eettafel, waste zijn handen en ging de trap af naar de winkel.

Jacomine bleef staan waar ze stond.

Ze was niet eens boos.

Ze keek de kamer rond. Ze zag de staande klok, de boekenkast met glazen deuren met daarin de boeken van wijlen haar schoonmoeder. De slijtplek in het groene velours van de fauteuil met de hoge rug waar haar man altijd zat. Het stilleven van een sinaasappel, een wijnglas en een dode fazant. De barometer die op 'bestendig' stond.

Ze ruimde de tafel af, waste de borden en ging naar de slaapkamer.

Het was zover.

Jacomine deed haar schort af, bekeek zichzelf in de spiegel en deed oogschaduw op. Ze stiftte haar lippen, borstelde haar haar en haalde haar mooiste jurk tevoorschijn: een donkerblauwe zomerjurk met een ceintuur en een patroon van briesende witte paarden. Ze droeg er halfhoge laarzen bij. Toen ze zich had aangekleed, keek ze weer in de spiegel. Zo zag ze er bijna nooit uit, daar was ze te nuchter voor, maar ze keurde haar spiegelbeeld met een zelfverzekerde blik in de ogen.

Het plan dat ze nu had opgevat was haar niet door haar man ingefluisterd, zoveel was duidelijk. Ze vermoedde dat hij er niet bepaald gelukkig mee zou zijn.

Zelf zou ze wat haar dreef vrouwelijke intuïtie noemen, wat niets anders is dan intelligentie waartoe bepaalde mensen een vrouw niet in staat achten zodat ze geen andere mogelijkheid zien dan die gedachten toe te schrijven aan een instinctieve emotie.

Ze ging door de winkel naar buiten. Er waren geen klanten en ze keek Rensing niet aan. Ze haalde haar fiets uit de schuur en reed naar de verzorgingsflat aan de rand van het dorp. Ze dacht aan alle weduwnaars die het niet gewend waren om te leven zonder de vrouw die in al hun vleselijke behoeften had voorzien. Nu moesten ze dat elders halen, al was het surrogaat, smakeloos en goedkoop. Jacomine had al vaker met dit idee gespeeld, vooralsnog had ze er niet naar gehandeld, maar nu het water hun aan de lippen stond en ze geen keus had, dacht ze dat ze haar man wel zover zou kunnen krijgen om mee te werken. Nu was immers het voortbestaan van de slagerij in het geding, en zeg nou zelf: vlees is vlees.

Fris en zomers meldde ze zich bij de balie en zei: 'Ik zou graag de kok spreken.'

De instellingskok was een ongezond uitziende vijftiger met kleine oogjes, die snuivend ademhaalde en naar frituurvet rook. Op zijn plastic voorschoot zaten gele vegen. De hand die hij haar gaf had uitgedroogde, harde kussentjes. Hij keek naar haar borsten.

Die avond bereidde ze zich voor op een moeilijk gesprek. Rensing maakte na zes uur de kas op, en zoals gewoonlijk zat er niet genoeg in om de kosten te dekken.

De boekhoudtrucjes waarmee hij zichzelf voor de gek probeerde te houden, waren allang uitgeput. Onderaan elke bladzijde van het grootboek stond een groter negatief transportbedrag dan op de bladzijde ervoor, en na een bezoek aan de veemarkt bleef de inkt soms bladzijdenlang zo rood als bloed.

Ze kwam naar hem toe toen hij in het kleine kantoortje achter de opengeslagen schriften zat. Ze had een ordner onder haar arm en bleef net zo lang zwijgend naast hem staan tot hij reageerde.

'Ja?' zei hij zonder op te kijken.

'We moeten praten.'

'Ik zit de boeken te doen.'

'Neem je tijd.'

Ze bleef staan kijken terwijl hij facturen controleerde, inkomsten inschreef, de rekenmachine pakte en bedragen optelde, twee keer alsof hij hoopte dat de uitkomst de tweede keer gunstiger zou zijn. Ten slotte zette hij het zoveelste negatieve bedrag onder aan de kolom en sloeg het boek dicht. Hij duwde een ordner op de plank met zijn vinger opzij en zette het grootboek ernaast. Daarna legde hij de rekenmachine terug in de lade onder de tafel en zette de balpen en het vulpotlood in de reclamemok die hij als pennenbak gebruikte. Toen keek hij op en zei opnieuw: 'Ja?'

'Laten we even aan de eettafel gaan zitten.'

'We zijn nu hier.'

'Dat praat wat makkelijker.'

Hij stond op en liep voor haar uit de trap op. Hij ging zitten op zijn vaste plek en Jacomine nam tegenover hem plaats.

Ze keek hem aan. ‘Ik ben vanochtend bij Zonnewende geweest,’ zei ze.

‘O.’

‘Ik heb met de kok gepraat. Ze willen vlees afnemen. Wekelijks.’

Rensing zei niks.

‘Voor zeventig personen, zeven dagen per week. Dat betekent dat we nog even door kunnen met de winkel,’ zei ze.

Hij dacht even na.

‘Dat is mooi,’ zei hij traag.

Jacomine knikte. ‘Ze hebben nog een flat, in Tolbert. Als ze tevreden zijn, doet die ook mee. Zestig personen.’

‘Dat heb je goed gedaan.’

Ze glimlachte en legde haar hand op die van hem.

‘Eén ding,’ zei ze. ‘Daar hebben ze op gehamerd.’

Hij trok zijn wenkbrauwen op. ‘Ja?’

‘Tot nu toe haalden ze vlees bij Agri-Unie. Ik heb gezegd dat wij goedkoper kunnen leveren. Dus het mag niet veel kosten.’

’Natuurlijk niet,’ knikte hij. ‘Geen lakenvelders. Voor bejaarden is er nooit budget.’

‘Ja. Ze zeiden er heel duidelijk bij dat het goedkoop moest zijn. Bij Agri-Unie betalen ze een kiloprijs van drie vijfentachtig. Daar moeten wij dus onder gaan zitten.’

‘Wat?’

‘’t Is niet anders.’

‘Dat zijn noodslachtprijzen.’

‘Het moet maar.’

‘Wil jij dat ik wrakvee ga verkopen?’ Hij stond op. ‘Heb jij gezegd dat ik wrakvee verkoop?’

‘Luister.’

'Heb jij dat gezegd?' bulderde hij. Hij kneep zo hard in de keukenstoel dat zijn knokkels wit werden.

'Toe nou.'

'Je bent toch niet met een vilder getrouwd.'

Hij sloeg met de vlakke hand op de eettafel.

En toen deed zij dat ook.

'Hou je kop! Ga zitten jij, en luister! Jij ongelooflijke sukkel!'

'Wat?'

'Ga zitten, zei ik!'

Hij ging zitten. Zij stond op. Ze ging voor hem staan, legde haar handen plat op tafel en zei: 'Nee. Je bent geen vilder. Je bent een rijkemensenslager, en rijke mensen zijn hier niet. Ja, Staghouwer. Die is rijk. Nieland. En de notaris. Maar dat is het wel. Wat jij hebt is een kaviaarkraam in een achterbuurt. Ja, je verkoopt het beste vlees in de wijde omtrek. En dat mag ook. Ik zeg niet dat dat niet mag. Maar wie gaat dat betalen? Ik? De klanten? Die gaan liever naar de supermarkt, behalve misschien voor kerst of een verjaardag. En weet je waarom? Omdat jouw vlees te duur is. Dus ga je failliet. En ik ook. Dan hebben we geen winkel meer. Geen slachtruimte meer. Geen aanwijsvitrine met variabele koelzones meer. Geen gerijpte ossenhaas meer. Helemaal niks meer. Niet eens een bovenverdieping om buiten openingstijden te vertoeven. Is dat wat je wilt?'

Hij zweeg.

'En dus ga je vanaf nu doen wat ik zeg. Je mag best topvlees verkopen, maar goedkoop vlees ga je ook leveren. Aan de bejaardentehuizen. Daar hebben die mensen wat aan want jij bent zo goed, jij kiest het beste wrakvee voor ze uit. De beste oude beesten met de dunste botten, zodat er voor de prijs toch nog wat vet aan zit. En desnoods sla je een uur lang met de hamer op de bieflappen zodat ze het met hun kunstgebitten kunnen vermalen. En weet je waarom? Omdat je geen keus hebt. Omdat jij mensen niet kunt dwingen om jouw vlees te kopen. Ze proeven geen verschil. Jij wel. Ik soms ook. Maar denk je nou echt dat Tammo zoiets merkt? Dat die bok van een Nieland proeft of dat rund met klaver is gevoerd of tot de enkels in de derrie heeft gestaan? Denk je nou echt dat het hem opvalt dat de ontstoken vliezen er een pussmaak aan geven? Nou?'

'Ik ga geen uier door de worsten malen,' zei hij zwakker.

'Dan koop je stieren, dan hoef je ook niet voor uiers te betalen. Dat weet je toch? Dat je dan beter stieren kan kopen? Wie is hier nou de beste slager van de provincie?'

Op de markt zocht hij de veehandelaren op waar hij vroeger met een grote boog omheen liep: de verkopers van overjarig melkvee en varkens uit volgestouwde Poolse vrachtwagens, de kramen waar het naar mest en niet naar dieren rook.

Met een thermosfles stroperige zwarte koffie in de hand liep hij over het marktterrein, niet zoals anders dwars door de mensen heen de andere kant op, maar met ze mee. Hij liep met zware stappen over de met stro bedekte modder. Het was bewolkt, drukker dan anders op dit tijdstip want iedereen wilde met droge kleren thuiskomen, ook als dat betekende dat je minder tijd had om in alle rust de tred gade te slaan, je ervan te vergewissen dat het exemplaar dat je op het oog had niet kreupel was, stevig op de poten stond, niet schrikachtig was maar wel alert op de nieuwe omgeving.

En toen besefte hij met een schok dat hij niet meer op zulke dingen mocht letten. Hij bleef staan en observeerde de mensen om zich heen – importeurs, tussenhandelaren, slachters, fokkers. Mannen met aanhangers, bedrijfsnamen, vestigingsplaatsen, levens die vastzaten aan een draad die van hun geboorte naar hun dood liep, een draad die voor het grootste deel bleef haken achter de paaltjes en obstakels die buiten hun om waren neergezet: door hun ouders, hun geboorteplaats, hun karakter. Voor het eerst in jaren viel het hem op dat hij niet meer over de hoofden heen kon kijken: er was een nieuwe generatie opgestaan, langer dan hij, weldoorvoed met vlees en melk.

Dat komt door het groeihormoon, dacht hij.

Hij ging op in die menigte, was er deel van. Een man die hem tegemoetkwam haalde een grote rode zakdoek tevoorschijn en snoot. Een veehandelaar met een door rosacea aangevreten neus rolde een bobbelig shagje. Een uitgemergelde hengst tilde zijn staart op en liet een stinkende drekstroom op de grond kletteren.

Rensing keek omlaag. Zijn rubberlaarzen verschilden niet van de laarzen om hem heen. Hij stapte op een smeulende sigarenpeuk. Hij zag een tientje liggen, half verscholen in de modder. Een dikke man van middelbare leeftijd zag hem kijken, raapte het snel op en keek hem triomfantelijk aan.

Hij liet zich meevoeren door deze mensen die hem alleen zouden aanspreken als ze iets van hem wilden, als ze van hun varkens, geiten of kippen af moesten.

Hier aan de voorkant van het marktterrein waren de kramen het duurst vanwege de reusachtige aanloop, en hier stonden de handelaren die hij kende. Hier stond het protsvee, de Belgische wit-blauwen met het uiterlijk van bodybuilders: zware schouderpartijen, reusachtige biceps en overgeprononceerde billen.

'Rensing!' hoorde hij. Hij herkende de stem van Reidinga, bij wie hij geregeld had ingekocht en die zijn voorkeuren kende. Maar hij deed of hij niets hoorde en liet zich door de menigte meevoeren.

'Rensing!' klonk het opnieuw. Hij kon zich niet doof houden en dus stak hij zijn hand op zonder de ander aan te kijken, beschaamd alsof hij om drie uur 's nachts bij de ramen van de Nieuwstad een dorpsgenoot tegenkwam. Maar de ander bleef roepen, had waarschijnlijk een mooi dier bij zich dat hij met hem in gedachten had ingeladen, een stevig dier met verstandige oogopslag – een Polled Hereford misschien. Rensing deed zijn best om niet te kijken, want het vlees is zwak en Jacomine was zo onverstandig geweest hem de eurocheques niet af te nemen. Hij moest doorlopen, zich laten meevoeren, nieuwe verkooppaden verkennen, en daarom wierp hij alleen een vluchtige blik op het dier.

Het was geen Hereford maar een atypische Maine-Anjou. Niet al te groot, maar stevig gebouwd en met een extreem lange rug. Reidinga kende hem goed: hier zou hij waarschijnlijk voor gezwicht zijn. Ze hadden zeer regelmatig handel met elkaar gedreven, maar iedere keer dat Reidinga hem vroeg hoe het met de zaken stond of navraag deed naar Jacomine of bekenden in het dorp, reageerde Rensing afwerend, want het motief van die vragen was puur zakelijk en hij was niet zo gek dat hij zijn onderhandelingspositie ging verzwakken door informatie prijs te geven. Hij was Reidinga niets verplicht, ook nu niet, en dus schudde hij haast onmerkbaar het hoofd en keek weer naar de grond, naar de tientallen benen gehuld in de pijpen van blauwe overalls die als bewogen door een onzichtbare hand in dezelfde richting liepen, naar het punt waar vraag en aanbod in evenwicht waren. En toen hij opkeek was hij in het hart van het marktterrein beland, daar waar het gros van de handelaren zich verzamelde, waar de dieren stonden die geschikt waren voor de slacht, die voldoende vlees aan de botten hadden en gunstig genoeg geprijsd waren om de koper in staat te stellen een redelijke verkoopprijs te bepalen en tegelijkertijd een gezond bedrijfsresultaat te boeken. Hij zag de oudere kopers in de weer met potloden en kleine blocnotes, de jongeren met zakjapanners; hier had zijn vader altijd staan rekenen en hier zou ook hij kind aan huis zijn geweest als hij niet geteisterd werd door die vervloekte dromen die hem zijn leven lang al in de weg zaten.

De mensenstroom kwam tot stilstand, Rensing werd niet verder voortgeduwd. Links en rechts van hem klonken gesprekken, werden handen geschud, oude bekenden gegroet. Er werd op schouders geslagen, heupflacons werden doorgegeven, dropjes uitgedeeld.

Na een kort ogenblik van besluiteloosheid liep Rensing naar een omheining en keek in het eerste het beste koeienoor dat hij zag. Direct kwam de verkoper naar hem toe. 'Mooi beestje, niet?' zei hij. Rensing mompelde iets en liep door. Steeds als hij een kant op keek, een rund benaderde, kwam er een verkoper op hem af, een jongeman met een iets te opgewekte stem en een net kapsel, een oude knar met een platte pet en een uitgedoofd stompje sigaar in zijn bek, en steeds liep Rensing verder. De ammoniak beet in zijn neus – ik moet weg, dacht hij.

Hij liep naar de rand van de markt, naar de koopjeshoek waar de worstkoeien stonden, het overjarig melkvee, de kreupele dieren, de kopziektelijders waarvan de onderkaak tijdens het herkauwen opeens bleef openhangen wanneer ze versuft de wereld in staarden, verbaasd over het feit dat ze bestonden; de dieren die dik waren op de verkeerde plaatsen of juist uitgemergeld, die vocht vasthielden zodat je een maagkwaal vermoedde – wat natuurlijk wel de prijs drukte.

De handelaars hier kwamen niet op je af, deden niet hun best om je tot kopen te bewegen. Ze waren even passief als hun vee, krasten met afgekloven balpennen in puzzelvariaboekjes waarin de helft van de antwoorden weer was doorgekrast en keken nauwelijks op. Een koe loeide diep vanuit haar buik. Stro kraakte onder Rensings laars.

Voor zijn geestesoog zag Rensing roestvrijstalen instellingskeukens waar hoge aluminium pannen op het vuur stonden met daarin gehaktballen die net zo lang in zout water met foelie werden gekookt tot ze alleen nog door het eimengsel bij elkaar werden gehouden, zodat ze bij de eerste aanraking van een kunstgebit uiteenvielen.

Hij bekeek een koe, een ellendig beest met bloeddoorlopen ogen op kromme poten.

Hij rilde.

Het is wat het is, dacht hij. Het moet. Het is mijn eigen schuld.

Onzin, dacht hij. Het ligt niet aan mij.

Een voor een bekeek hij de runderen waarvan hij vermoedde dat ze binnen het budget pasten. Hij beklopte ze, sperde hun bek open en bestudeerde de gebitten. Uit sommige kelen steeg een knollenwalm op.

Hier in de periferie van het marktterrein kende hij niemand. De runderen waren hier uit alle uithoeken van de noordelijke provincies naartoe gesleept, hadden hun leven lang in het licht van tl-buizen gestaan, ingeklemd tussen veel te krappe schotten. Ze waren binnen het etmaal bij hun moeder weggehaald en hadden van hun hoeders nooit meer aandacht of zorg gekregen dan af en toe een harde haal met een borstel.

Het kostte Rensing moeite om ze aan te kijken, hun waterige blikken te trotseren terwijl hij ze bevoelde. Hij probeerde het, dat wel, en steeds weerklonk in zijn hoofd dat zinnetje: 'Het is wat het is.' Het was geen effectieve bezwering maar een lege mantra, waarvan zelfs de klank hem geen rust gaf.

Een overjarige Maas-Rijn-IJssel met een etterende hoefwond: het is wat het is.

Een opgedroogde melkkoe met een ruggengraat zo krom als een vlaggetjeslijn: het is wat het is.

Een bejaarde dubbeldoel met onderhuidse bulten van de horzels: het is wat het is.

Een passant die hem verveeld een kaartje toestak dat hij automatisch aanpakte, dat hij onder het lopen las en waarop stond IDSINGA WRAK & LIJMVEE. OOK VOOR BEENDEREN, gevolgd door een adres in Drachten: het is wat het is.

Een paar keer zag hij een dier waarvan hij dacht dat die het dan maar moest worden, maar als hij zijn keel schraapte om de eigenaar om het openingsbod te vragen deed hij er op het laatste moment uit gêne toch het zwijgen toe. Hij kon zich er niet toe brengen in te gaan op het loven van zo'n veehandelaar bij wie het bloed onder de nagels zat. Hij zag zichzelf al aan het rekenen slaan in zo'n blocnoteje, met een stompje potlood dat hij uit een jaszak zou vissen. Hij wist dat het overal zo ging, dat iedereen dat deed, op alle veemarkten van het land, waarschijnlijk van Europa en misschien zelfs van de wereld, overal vergeleken tienduizenden slagers inkoop- en verkoopprijzen en kwamen ze op basis van die rekensom tot een beslissing zonder zich op hun zintuigen te verlaten: ze maalden er niet om hoe de huid terugveerde onder je vingers, hoeveel warmte er van het dier opsteeg, wat voor geur het verspreidde, of de vacht zacht was of juist stug, hoe wit het oogwit was en hoe goed het tandvlees doorbloed. Dat waren dingen die je in een heel leven leerde, zelfs het Slagershandboek kon je dat niet bijbrengen, want als je je vakgenoten wilt ontstijgen heb je niets anders dan illusies en dromen, en als zijn intuïtie op een misverstand zou blijken te hebben berust, dan was dat jammer maar helaas, want op een gegeven moment is er geen weg meer terug.

Het is geen misverstand, dacht Rensing. Niemand begreep de dieren beter dan hij, vooral de koe, de onbetwiste koningin van het dierenrijk. Goddank slaagde hij erin die vervloekte twijfel de kop in te drukken, die twijfel die zich in de laatste maanden in zijn vliezen had genesteld en sindsdien gestaag zijn cellen besmette, die hij continu moest bevechten zodat die hem niet de baas zou worden.

Hij had geen enkele reden om aan zichzelf te twijfelen. Hij was heel anders dan die wrakveehandelaar wiens kaartje hij nog altijd in zijn hand hield. Hij schudde zijn hoofd een paar keer heen en weer om de doemgedachten te verjagen. Wat nou twijfel. Waarom zou hij nu gaan twijfelen, dat had hij nog nooit van zijn leven gedaan, het probleem was dat hij hier langs de randen van het marktterrein sjouwde om halfdode runderen te monsteren waarbij de dood godbetert uit de huid sijpelde. Hij was slager, geen doodgraver, geen dikke blauwe bromvlieg die loert op rotting en verderf. Geërgerd smeet hij het visitekaartje in de modder en beende weg.

Hij kwam thuis met Reidinga's Maine-Anjou.

'Waarom wil je kapot?' vroeg Jacomine toen ze hem de koopprijs had ontfutseld. Ze stonden boven op elkaar in het smalle kantoortje tussen de winkel en de slachtruimte.

'Ik wil niet kapot.'

'Ik ben er ook nog. Deze winkel is ook míjn leven. Betekent dat dan niks voor je?'

'Jawel.'

'Wat dan? Wat beteken ik eigenlijk voor je?'

'Dat weet je best.'

'Dat weet ik helemaal niet. Heb je je ooit afgevraagd wat ik in dit leven wil?'

Hij reageerde niet.

'Ik heb je één ding gevraagd. Niet eens voor mezelf. Voor jou. Voor jouw winkel. Want dit is jouw winkel, dat heb je me honderd keer verteld.'

Hij reageerde niet.

'Lafbek,' zei ze.

Hij reageerde niet.

'Schijtvent.'

Hij reageerde niet.

'Worstenvuller.'

Hij keek maar weer eens naar de grond.

Hij zag haar schoenen, nieuw, zwart, met hakken. Hij tilde zijn hoofd op en keek haar weer aan, Jacomine, zijn vrouw, die opeens langer was dan hij, die boven hem uitstak en met opgemaakte ogen op hem neerkeek.

En net toen hij iets wilde zeggen, al wist hij nog niet wat, eigenlijk wist hij het wel maar hij wist niet welke woorden hij ervoor kon gebruiken, hoe hij duidelijk kon maken dat sommige dingen belangrijker zijn dan overleven, dat het ging om de zoektocht, het streven, en dat alles voor niets was als je dat opgaf, dat alles dan maar beter helemaal niet kon bestaan, hij niet en de winkel niet, maar vind maar eens woorden om dat duidelijk te maken aan een ander wier leven je daarmee ook de grond in boort, vind maar eens een manier om duidelijk te maken dat je bereid bent om niet alleen je eigen bestaan maar ook dat van een ander op te offeren voor wat abstracties, wat idealen, waarbij het nog maar de vraag is of je daartoe werkelijk bereid bent, tot in het diepst van je beenderen, of dat het een droom is die je zo nodig kunt wegsnijden – net op dat moment schalde de winkelbel en kneep Jacomine met een zucht haar ogen dicht, veegde toen wat denkbeeldige haren uit haar gezicht en liep de klapdeur door.

Het was Jans. Met een aangereden haas. Het dier leefde nog een heel klein beetje.

Hij had Reidinga gebeld en gevraagd of de koop ongedaan gemaakt kon worden. Die had gezegd dat hij de Maine-Anjou wel wilde terugnemen, maar voor vijftienhonderd minder; en dus was de koop niet ontbonden. Rensing verwerkte het dier voor de detailverkoop en propte het in de toch al overvolle diepvries. Het rund dat hij alsnog voor de bejaardentehuizen inkocht was een melkzieke lakenvelder die nauwelijks op haar poten kon staan.

De volgende ochtend miezerde het. De lucht was effen grijs, het licht ook. Hij reed de oude bestelbus voor het eerst naar Zonnewende. Nadat hij zich gemeld had, verscheen in de opening van de branddeur de morsige gestalte van de kok, die de kratten van hem aannam. Of anders zat de morsigheid in Rensings blik, omdat hij al bij voorbaat gruwde van iemand die een bestelling als deze zou plaatsen. Hij voelde zijn hart hoog in zijn keel bonzen, alsof hij de kratten met afval had gevuld en de ander ieder ogenblik de theedoek kon optillen om de inhoud te keuren en hij dan betrapt zou worden. 'Dit hadden we niet afgesproken' zou die dan zeggen – maar dat was niet zo, dit hadden ze juist wel afgesproken, deze anemische lappen dier waren wel degelijk de afspraak. Het deed er sowieso niet toe want de ander voelde kennelijk niet de aandrang om te controleren of de levering in ieder geval voldeed aan een minimale kwaliteitsvereiste. Toen hij de kratten op de steekkar had gezet vroeg hij alleen nog: 'Waar moet ik krabbelen?' en Rensing besefte dat hij er niet aan had gedacht dat er iets te krabbelen moest zijn.

Toen Rensing de volgende week terugkwam en de kok iets complimenteus had gezegd over de stiptheid en uniformiteit van de levering, liet Rensing hem een krabbel zetten onder het formulier dat Jacomine had laten stencilen en waarop Rensing in zijn hanenpoot het geleverde had genoteerd: *2x70 karbonades 85-95g zonder bot, 5500g gehakt HOH ongeportioneerd, speklappen 80st à ~85 g*, enzovoort enzovoort, het vlees teruggebracht tot afkortingen en eenheden, de ene omschrijving nog bedroevender dan de andere voor wie wist waarop werd gedoeld – en nog wel het meest bedroevend voor het dier dat haar leven had doorgebracht op een betonnen vloer met een dun laagje stro, dat op een leeftijd van vierenhalf uur bij haar moeder was weggehaald en daarna nooit meer een liefdevolle aanraking had gevoeld, dat niets anders was geweest dan een anoniem nummer in een stal, een productiemiddel waar een robot een- of tweemaal per dag met tuinslangen melk uit zoog in een handeling die het minst weinig op intimiteit leek van alles wat haar in haar gelijkvormige dagen overkwam; want die melk die eigenlijk voor haar kind bestemd was, bleek het enige aan haar dat een functie had, en haar kind werd op zijn beurt ook weer zo snel mogelijk bij haar weggehaald zodat de kringloop van leven en dood kon doorgaan. En dat ze hier nu in grauwe hoopjes lag, verspreid over vier kratten, was niets anders dan afvalverwerking, dit was geen slacht maar destructie, ze gaf geen melk meer en daarom was ze waardeloos geworden, want een voormalige melkkoe met nauwelijks vlees aan de botten vertegenwoordigde een negatieve waarde. Ze was een oud moedertje dat de wereld tot last was, ze liep alleen nog in de weg, voor haar soort waren er geen opvangtehuizen, ze was immers geen mensaap of alpaca en dus was haar dood er een waar niemand om treurde – de boer niet, Rensing niet, de instellingskok niet – en waar ook niemand blij van werd, zelfs die oude halfvergeten tehuisbewoners niet want die proefden nauwelijks iets, en bovendien was alle smaak die ze had gehad bij het melken uit haar gezogen.

Toen kwam Rensing terug in de winkel waar het veel te dure vlees van de Maine-Anjou langzaam grijs lag te worden, hoeveel nitrietzout hij ook gebruikte, hoe vaak hij de prijs van de kogelbiefstuk ook verlaagde: *van f6,99 voor f5,99, Actie! f4,99/100g.*

Jacomine stapte steeds vaker 's ochtends in de bus, ze had haar rijbewijs gehaald en reed naar de dorpen in de omgeving en ook naar de stad, naar alle plaatsen met instellingskeukens waar grote aantallen maaltijden voor een lage prijs werden bereid. Het ene na het andere contract sleepte ze binnen. Ze had het voordeel dat haar man de beste slager was die in de noordelijke provincies en ver daarbuiten zakendeed, hij had een neus die goed genoeg was om op de vleesmarkt meteen te ruiken welke binnenberen aan geslachtsreuk leden, zodat bij hem het percentage afgekeurde varkens aanzienlijk lager lag dan bij een doorsneeslager, wat de prijs natuurlijk drukte.

Jacomine zelf had ook een aantal troeven achter de hand: niet alleen dacht ze mee met de mensen die ze bezocht, begreep ze hun behoeftes, maar ook wist ze hun vertrouwen te wekken. 's Avonds zocht ze recepten uit die haar klanten in staat stelden om ook minder courant vlees om te zetten in min of meer smakelijke, gemakkelijk te kauwen en te verteren, zoutarme en vooral goedkope maaltijden.

En om de zoveel tijd tikte Jans Boerema op het driveinluik, dat alleen voor haar openging.

Ditmaal had ze een konijn bij zich. Rensing maakte een mooi pakketje van het vlees; het vel schraapte hij zo goed als hij kon af maar hij was geen leerlooier; hij vouwde het op en stopte het in een plastic zak.

Ze bleef buiten wachten, bij het raam. Het was koud, ze had haar handen in haar zakken. 'Hier, Jans' zei Rensing net als de vorige keer. 'De vacht zit er ook bij. Die moet je nog wel looien, heb je aluin?' Ze mompelde iets, stak de pakjes bij zich en liep weg.

'Stel dat iemand het ziet?' zei Jacomine toen ze weg was.

'Wat ziet?' antwoordde hij.

'Ze is zo onfris. Dat is slechte reclame.'

'Jans is geen reclame.'

Ze zuchtte en haalde haar schouders op. 'Je wilt het gewoon niet begrijpen.'

'Ze is iemand die ik ken,' zei hij.

De dagen van Rensing zagen er anders uit dan eerst: portioneren, verpakken, lijsten bijwerken, klaarzetten, in de bus laden, rondbrengen.

'̓s Ochtends ontbeten ze gezamenlijk maar gehaast. Zij zette een grote pot koffie en voor zichzelf een kannetje thee.

'Vanavond is er vergadering in 't Karrewiel,' zei Jacomine. 'Van de winkeliersvereniging. Ik ga erheen.'

Hij knikte.

Ze legde het volkorenbrood van Hoving in de broodmand, hij kwam terug uit de winkel met vleeswaren die op moesten – vandaag fricandeau – en het Nieuwsblad. Lichtelijk buiten adem van het traplopen ging hij zitten. Boterham – roomboter – fricandeau. Slok koffie erbij. Metselen.

Er kwam een toast uit de rooster. Jacomine legde hem op haar bord en besmeerde hem met marmelade.

'Die fricandeau moet op.'

'Nu wil ik even wat anders. Ik neem tussen de middag wel.'

'Er is nog heel veel.'

'Heb je het afgeprijsd?'

'Eén negentien.'

'Ik denk dat je er negenennegentig cent van moet maken.'

'Het is kostbaarder dan dat.'

'Als het bederft is het niks meer waard.'

'Tja,' zei Rensing.

'Maak je er negenennegentig cent van?'

Rensing stond op en legde zijn bord en mes in de gootsteen.

Hij ging de trap af, pakte zijn jas van de haak en trok hem aan. Hij haalde de winkeldeur van het slot en draaide het bordje van 'gesloten' naar 'open'.

Hij liep om de vitrine heen en ging erachter staan, recht onder het bord met de fricandeaureclame, onbeweeglijk alsof hij deel van de inventaris uitmaakte.

De vitrine zoemde zacht. De tl-verlichting wierp een koude gloed op de tegelvloer. Een vlieg knetterde in de insectenlamp.

De boeken waren bijgewerkt.

De leveringen voor Zonnewende en de Sint-Maartensburcht stonden klaar.

Hij wachtte op een klant.

Jacomine kwam de trap af. Ze ging voor haar man staan en zei: 'Waarom word je nooit boos?'

Hij keek haar aan.

'Waarom zeg je niks? Waarom zeg je nooit iets?'

Hij keek weg.

'Het loopt allemaal niet bepaald zoals je het je had voorgesteld, of wel soms?'

Hij draaide zich om en liep naar de slachtruimte.

Ze liep naar de telefoon en draaide een nummer in de

stad. 'Met Jacomine, heb je een gaatje vandaag?' vroeg ze. 'Mooi,' zei ze.

Ze hing op en zei tegen haar man: 'Ik ga naar de kapper. En daarna naar klanten. En vanavond naar de vergadering van de winkeliersvereniging.'

Ze liep naar buiten, stapte in de auto, controleerde haar make-up in de achteruitkijkspiegel en reed in de richting van de stad.

Om halftwaalf was ze thuis. Rensing zat in het donker aan de eettafel en hoorde haar de trap opkomen. Toen hij de houten vloer op de overloop hoorde kraken, wist hij: nu hangt ze haar jas op.

De deur zwaaide open en het bovenlicht ging aan. Daar stond Jacomine; ze rook naar wijn en haarwater.

'Je bent nog op,' zei ze.

Rensing reageerde niet.

'Ik dacht dat je vroeg op moest om op tijd op de veemarkt te zijn. Om weer voor veel te veel geld zo'n veel te duur dier te kopen.'

In haar oogwit waren wat bloedvaatjes gesprongen.

'Nu zou jij bijvoorbeeld kunnen vragen: "En hoe is het met jou vanavond, lieve echtgenote van me? Licht van mijn leven?" En dan antwoord ik: "Nou, wat lief dat je dat vraagt, ik bof maar met zo'n belangstellende echtgenoot."'

Ze liep naar de kast, pakte een glas en schonk het bodempje sherry uit een fles die er al jaren stond. '"Hoe was je dag, schat?" vraag je dan. Wat ben je toch geweldig, antwoord ik dan, altijd zo lief en geïnteresseerd.'

Ze dronk het glas in één teug leeg.

'Ik zal je vertellen hoe mijn dag was. Eerst ben ik bij de

kapper geweest. "Dat had ik gezien, wat zit je haar leuk!" Toen heb ik een nieuwe klant geworven. Voorlopig voor twee maanden, maar het wordt bijna zeker meer. "Wat geweldig van je, lieverd!" En daarna ben ik naar de bijeenkomst van de winkeliersvereniging gegaan. "Wat leuk, met al onze collega's! En is er nog nieuws, schat?" Jazeker is er nieuws, er komt een tweede supermarkt in het dorp, dat heeft Hoving gehoord van zijn zwager die bij de gemeente werkt. Ze willen een nieuwbouwpand aan het Marktplein neerzetten, dan wordt de helft van het plein parkeerplaats en verhuist de markt naar de Brink. Als ze dat rondkrijgen tenminste. "Oei," zeg jij dan. "Dat is voor ons dubbel slecht nieuws, omdat we er dan én een concurrent bij krijgen én het zwaartepunt van het winkelgebied richting de Muntingeweg verhuist." En dan antwoord ik: ja, precies, wat heb je toch een scherp commercieel inzicht. Daarom heb ik nog even nagepraat met Sijtsema en Hoving, om te kijken of we met hulp van een advocaat kunnen voorkomen dat het bestemmingsplan wordt aangepast. "O, wat goed van je!" Ja, dat vonden zij ook, en zoals je natuurlijk allang weet treedt de voorzitter binnenkort af en nu wil Sijtsema mij voordragen als opvolger. Dus je zult wel heel trots op me zijn.'

Ze zette het lege glas met een klap op tafel. Bij de deur knipte ze het bovenlicht weer uit.

Rensing bleef zitten waar hij zat, onbeweeglijk in het donker.

‘O, komt het uit de vriezer? Dan hoef ik het niet,’ zei Louise Stappers, de echtgenote van de nieuwe kandidaat-notaris in de praktijk van Tichelaar, nadat ze de kou van de varkenshaas door het papier heen voelde. Ze was een jaar of dertig, aan de manier waarop ze de r uitsprak te horen, kwam ze uit het westen van het land. Ze reed in een Fiat, haar man in een Volvo. Ze droeg die dag een polo waarvan de kraag overeind stond zodat haar gouden oorhangers ertegenaan botsten als ze haar hoofd bewoog. Ze had een hoekig gezicht met grote tanden. Met haar portemonnee en autosleutel in de hand vroeg ze: ‘Hebt u het niet vers?’ en net toen Rensing wilde reageren stak ze haar hand uit en zei: ‘Nee, Liselot, nu even niet klimmen, kom maar hier’, tegen een meisje van een jaar of vijf dat Rensing nog niet was opgevallen maar dat op de tassenplank van de vitrine was geklommen en nu, met beide handen plat tegen het glas, naar het vlees stond te kijken. Ze sprong omlaag en Rensing zag de vette handafdrukken. Nu keek de moeder Rensing weer aan, wenkbrauwen opgetrokken, nog steeds wachtend op antwoord, en toen Rensing zei: ‘Vandaag niet,’ zei ze ‘Shit’, en perste haar lippen op elkaar. Ze legde het pakje op de koelvitrine. ‘Dan moet ik naar de stad.’

Alsof zij, met haar smaakpapillen weggebrand door sulfiet uit de witte wijn, of haar man, die verwaten Dunhillroker, enig verschil zou proeven, dacht hij.

'Sorry hoor,' zei ze.

En Rensing zei: 'Misschien heb ik achter toch nog wel iets.'

Hij liep naar de koelcel waar de bestelling voor De Weidevogel in Ulrum klaarstond. Hij zette het bovenste krat op de grond, sloeg de doek van het tweede en groef in het vlees. Wat hij eruit haalde was een karbonadestreng. Die wilden ze in Ulrum zelf zagen, dan konden ze de karbonaadjes dunner maken. Hij legde de varkenshaas die van een met eikeltjes gevoerde abdijbeer uit Echt kwam ervoor in de plaats. Deze week zouden ze smullen, die oudjes. Hij schreef op de pakbon *rib/lendenkarbonade niet voorradig – substituut varkenshaas – meerprijs nihil.* Toen zette hij de lintzaag aan en zaagde de karbonadestreng in tweeën. De halskarbonades legde hij opzij; van het andere deel sneed hij met het buigzame lemmet van het fileermes zorgvuldig de ribben en wervels af. Wat overbleef was een cilindervormig stuk bleek vlees van een varken uit een betonnen stal in Opende dat hij aan de lendenkant taps bijsneed; hij legde het op een kartonnetje en liep ermee terug naar de winkel.

'Ik heb hier iets heel bijzonders,' zei hij terwijl hij het vlees op de weegschaal legde. 'Wel iets prijziger dan die andere.'

'Maar is het vers?'

'Eergisteren liep-ie nog met z'n snuit in de modder te wroeten.'

Ze huiverde.

Over de zweren om de bek zweeg hij.

'Eenentwintig dertig,' zei hij, terwijl hij het zakje dichtmaakte. Hij stak haar een pen toe, ze vulde een eurocheque in, de autosleutels sloegen tegen het glas van de vitrine. Hij vergeleek de handtekening met die op het pasje; toen ze wegliep zei hij: 'Laat het u goed smaken.'

Hij glimlachte erbij.

Er kwam geen klacht. De wereld kwam niet tot stilstand. Een paar dagen later stond Louise Stappers gewoon weer in de winkel, opnieuw met dat vervelende kind, dat ditmaal in de vensterbank klom en op de winkelruit bonkte.

In de maanden die volgden begon hij de wolf vol te proppen met alles wat het apparaat aankon. Op de fijnste stand, zodat eventuele botresten zo fijn vermalen werden dat je ze gemakkelijk kon doorslikken. Een deel van het gehakt haalde hij er nog een tweede keer doorheen, zodat hij het tartaar kon noemen en er twee keer zoveel voor kon vragen. En hoewel hij in de diepvries nog steeds topvlees had liggen, deed hij inmiddels vier of vijf weken met een enkel rund en was het vlees dat hij verkocht nagenoeg altijd ingevroren en ontdooid. En als bijvoorbeeld de sukadelappen op waren, deinsde hij er steeds minder voor terug om in de voorraad kauwvlees te duiken om het aan te vullen. En al die chique klanten, Louise Stappers, Elize van Bemmelen, de echtgenote van de jonge huisarts, stonden even vaak in de winkel als voorheen. 'Eergisteren heb ik gehakt bij de supermarkt gekocht,' zei een van hen. 'En toen ik dat bakte, liep er gewoon water uit. Voortaan koop ik gewoon weer bij u, hoor.' Rensing deed wat er van hem verwacht werd, bromde een vereerd bedankje en kwakte het mengsel van wang, uier, milt en bindweefsel op een vetvrij papiertje dat hij haar vervolgens toestak. En de volgende week kwam ze gewoon terug, ze bestelde kogelbiefstuk waarvoor Rensing haar klapstuk gaf die hij bij wijze van experiment een dag lang tussen twee werkbankklemmen had uitgerekt om de vezels soepeler te maken. En weer kwam ze terug, vol lof over zijn vlees, vol dedain voor de supermarkt.

‘Ik heb weer iets,’ zei Jans. Ze zette een Spar-tas op de vitrine waar iets zachts en zwaars in leek te zitten.

‘Wat is dat?’ vroeg Jacomine.

‘Een poes,’ zei ze.

‘Eruit,’ zei Jacomine. Ze tilde de lekkende tas op en liep ermee om de vitrine. Ze reikte hem aan Jans aan en zei: ‘Nu. Wegwezen.’

Jans keek haar aan; haar halfopen mond toonde een duisternis waarin nog een enkele tand overeind stond. Ze maakte geen aanstalten om de tas aan te pakken.

‘Kom maar even achterom, Jans,’ zei Rensing.

‘Niks daarvan,’ zei Jacomine. ‘Ze gaat naar huis.’

Logge zwarte bloeddruppels druppelden uit de tas op de tegelvloer.

‘Pak aan,’ zei Jacomine. ‘Het is genoeg geweest. Wij zijn ondernemers, geen liefdadigheid. Pak aan en kom niet terug.’

‘Kom straks maar even terug,’ zei Rensing.

Jacomine, die de tas tegen Jans’ jas aan duwde, keek hem woedend aan. Toen Jans hem aannam, greep Jacomine de klink van de winkeldeur vast en zette die zo wijd mogelijk open.

Toen ze de winkel had verlaten, pakte Rensing de Spaanse emmer en dweilde de bloedsporen weg. Daarna liep hij naar het luik aan de achterkant en zei: 'En ik ben geen ondernemer. Ik ben slager.'

Achter nam Rensing door het luik de plastic tas aan van Jans. Hij dumpte de inhoud in een tray.

Het was een rode kat met bandensporen. Het dier droeg een halsband, maar de koker die eraan zat was platgewalst en opengescheurd; het papiertje met het adres was nat van het bloed en de lichaamssappen.

Hij onderzocht het beest met zijn vingers. Enkele organen lagen los in de zak. De ruggengraat was verbrijzeld, aan de bovenste wervel zat een scherpe punt die het plastic had opengereten. In de vacht zaten brokken van wat Rensing als de lever en maag herkende.

In theorie zou dit niet moeilijk te slachten zijn, zag hij. Zijn wijsvinger trok een splitlijn vanaf de kin naar de anus. De tweede snede zou moeten lopen van de ene naar de andere hielpees van de achterpoot en de derde halfrond over de borst, van knie naar knie. Om de billen af te huiden had hij niks aan het kromme mes, dat was veel te groot voor zo'n klein diertje, dus concludeerde hij dat een doodgewoon aardappelschilmesje het best zou werken. Met een beetje goede wil zou je van die vacht een muts kunnen maken, dacht hij.

De achterpoten waren prima. Met het vilmes stroopte hij de rode vacht van de dijen en de pootjes. De huid was dunner en kwetsbaarder dan hij gewend was, het vlees juist een stuk stugger. Rensing fronste; hij zocht naar aanknopingspunten, snijlijnen die hij kende van andere soorten. Deze spieren waren gebruikt, pezig, vetarm, met lange vezels waar rek in zat. Het beest had al een tijd gelegen: dit was geen slacht, dit was een autopsie. Versterving hoort na de slacht te komen, maar nu hadden de galblaas en de alvleesklier hun gifstoffen al lang en breed in het vlees laten lekken. Het bloed zat vast in de aderen, maar het grootste deel wist Rensing eruit te krijgen. Hij ving het op en het was een borrelglaasje vol, in geen verhouding tot de anderhalve emmer die hij uit een rund opving. Nu hing het gevilde dier aan de linkerachterpoot aan een slachthaak; alleen de kop was nog behaard. Een miniatuurleeuw.

Hij legde het verbleekte vlees bloot. De achtervoet leek op kip en de voorvoet op konijn, en daarom zou hij ze op die manier slachten. Maar hij was geen poelier, en het resultaat bij de voorvoet was minder rooskleurig dan hij gehoopt had. Voor de worst, dacht hij automatisch.

Voor de worst.

Hij deinsde terug bij die gedachte.

En toen keek hij weer naar dat taaie, pezige vlees in de tray voor zich.

Hij keek door het luik, zocht oogcontact met Jans en zei: 'Dit wil je echt niet eten.'

'Ik heb ja niks anders.'

'Wacht maar even,' zei hij. Hij liep met de tray naar de slachtruimte. Hij zette de kattenresten op de werkbank, liep de koelcel in en kwam terug met een zakje met twee kippenpoten dat hij haar door het het luik heen aangaf.

'Binnen dat de poten?' vroeg ze.

'Nee. Maar het is goed zo.'

Ze keek naar het zakje, voelde eraan, kneep erin, stopte het in haar jaszak, draaide zich om en liep weg.

Rensing deed het luik dicht.

Hij keek naar het karkas dat voor hem hing, de leeuwenkop met de ruggengraat er nog aan, uitmondend in de staart die nu overdreven dik en pluizig leek, en hij bedacht dat hij dit alles zo snel mogelijk moest wegwerken. De lippen van de kat waren teruggetrokken, ontblootten het blauwzwarte tandvlees en de gele punttanden. De ogen waren rond en glazig, het leek of er een melkvlies overheen was getrokken. Dit beest was doder dan de honderden runderen en varkens, dan alle dieren die hij in al die jaren had geslacht.

En hij was de enige die dat zag. De enige die het verschil begreep tussen een vleesproduct en een kadaver. Hij keek naar de achterpoten die op de schaal voor hem lagen. Het blanke vlees met een onderhuidse paarse zweem, haast identiek aan kip en ook qua vorm niet echt verschillend: een vlezige dij, zij het minder vol dan bij pakweg een Hollandse blauwe, uitmondend in een lange, dunne tibia met een opvallend dik gewricht. Die idioten zouden dit nog kopen ook, dacht hij, en de volgende dag zouden ze terugkomen om te zeggen dat die kip zo stevig was, zo mooi van kleur, zo'n goede bite en volle smaak had.

Misschien had Jacomine gelijk gehad. Had hij Jans met kat en al weg moeten sturen. Het dier kon niet eens bij het slachtafval, want die kattenkop was onmiskenbaar. En niemand mocht dit weten, uitlekken zou het einde van de slagerij betekenen.

In de zak met huisvuil aan de straat zetten dan maar. Hopen dat de bloedgeur geen ratten zou aantrekken. En dat de zak niet openscheurde als de vuilnisman hem in de wagen smeet.

Hij dacht aan de Slagersvakschool, aan meneer Tjalling,

die voordat hij docent werd jarenlang als scheepskok had gewerkt en die eens verteld had dat hij in de haven van Aden ooit een partij kippenbouten had ontvangen waar heel weinig vlees aan leek te zitten. Toen hij ernaar vroeg kreeg hij te horen dat dat typisch was voor Malagassische naakthalzen, die werden gevoed met sorghum en bladeren zodat er gewoon veel minder vlees aan zat. Maar thuis in Rotterdam had hij het nagezocht en ontdekt dat naakthalzen juist stevige vleeskippen zijn. Navraag bij collega's leerde dat de foerageurs in Aden hun mensen er 's nachts op uit stuurden om broodmagere straatkatten van straat te plukken en ze in grote jute zakken naar de slachterij te brengen, waar ze blazend en bijtend met hun rug tegen een tafel werden gedrukt en met kartelmessen werden onthoofd.

Niemand van de bemanning had iets gemerkt, had Tjalling verteld.

En ook Rensing zag weinig verschil. De botjes waren iets zwaarder dan die van een kip en het vlees was iets donkerder van kleur.

Rensing dacht aan zijn adresje voor kippen, waar hij mooie, rondborstige, parmantige dieren haalde waarvan iedere veer de goede kant op wees. Die zelfverzekerd rondstapten tussen de wortels van de bomen in het Drentse bos. Blauwpoten. Grote beesten die de kans kregen om zich te ontwikkelen voordat ze de verkoop in gingen.

Hij dacht aan de supermarkt.

Hij dacht aan al die klanten die ervoor hadden gezorgd dat zijn winkelrevolutie mislukt was, die nooit een poging zouden doen om een status quo te veranderen omdat hun blikveld te beperkt was, omdat ze oogkleppen ophadden, sukkels waren het, klootzakken, schapen die naar het abattoir werden geleid met dichtgetapete ogen zodat ze niet bang hoefden te zijn, hun aanwezigheid veranderde niks in de wereld, helemaal niks – en hij rukte de hoes van de molen, zette hem nijdig aan en smeet oude taaie klaprib in de vulpijp; en toen de machine op gang was pakte hij alle stukken van wat het voorste deel van de kat was geweest en gooide ze erbij, bot en al, en de slachtruimte vulde zich met gekraak toen de gehaktmolen de botjes verpulverde. En ondertussen liep de tray vol met gehakt vlees met hier en daar een wit stukje bot. Daar zijn die idioten inmiddels wel aan gewend, dacht Rensing, want dat vind je ook in supermarktgehakt. En om de bleke kleur wat op te peppen goot hij het half geronnen kattenbloed eroverheen, waarna hij het volgens de regelen der kunst met twee pollepels vermengde, ervoor wakend de structuur niet te beschadigen.

En nu weg ermee. Alles weggooien. Hij wilde alleen maar laten zien dat het kon. Al dit gehakt, plus de achterpoten, bij het huisvuil. Naar boven dus, en hij keek over de saloondeuren heen of er geen klanten waren. Welnee. Hij pakte de tray, liep achter langs de vitrine naar de trap. Hij keek naar de kippenbouten: *Blauwpoot label rouge. Gevoed met 75% graan en 25% zuivel! ƒ4,89/500g.* Flinke beesten van honderdtien dagen oud met stevig maar toch sappig vlees.

Geen hond die het proefde.

Ze zouden worden gekruid, gepaneerd, gegrild, gestoofd. Opgediend met doperwten en aardappelpuree, overgoten met bremzoute Knorr-champignonsaus die alle smaak verhulde.

Geen hond die het zou proeven.

Boven zich hoorde hij Jacomines voetstappen op de

woonkamervloer. Hij keek door de winkelruit naar buiten en zag de lege straat. Toen viste hij de kattenpoten uit de tray, veegde ze af aan de revers van zijn slagersjas en legde ze bij de kippenpootjes. Ze waren iets langer, iets geliger van kleur, en verder identiek.

Hij rende haast de trap op en wikkelde de rest van het vlees zo goed en zo kwaad als het ging in een stuk plastic dat hij vervolgens in kranten verpakt in de vuilnisbak propte.

'Wat een lange poten,' zei mevrouw Staghouwer later die dag.

'Malagassische naakthals,' antwoordde Rensing. 'Erg smaakvol. Ze zijn in de aanbieding vandaag.'

Mevrouw Staghouwer stond twee dagen later gewoon weer in de winkel. Een paar weken lang kocht ze geen kip, maar dat was waarschijnlijk toeval. Of ze ging naar de supermarkt, want daar kostte de kip per kilo minder dan bij hem per ons. Hun kip was dan ook geen honderdtien maar veertig dagen oud, had nooit daglicht gezien, zat onder de verwondingen van zijn soortgenoten en kon nauwelijks op zijn poten staan.

En smaakte helemaal nergens naar. Net als de kat van Jans.

Als Jacomine niet op pad was, werkte ze met hem in de winkel. Ze zag hoe hij de klanten nors te woord stond, net als zijn vader met vuisten als hammen de klant probeerde te bewerken om meer te kopen, meer uit te geven, en ze zag bij mevrouw Sijtsema dat het haar eerder afschrikte dan dat ze er nog een onsje paardenrookvlees extra bij nam en ook dat ze bij het verlaten van de winkel niet in de richting van haar huis liep maar juist naar de supermarkt, alsof ze de rest van haar vlees daar maar ging kopen.

En Jacomine zag ook hoe haar man steeds opnieuw op zijn mislukkingen reageerde, namelijk door met bokkige schouders en ingetrokken kop iets op de werkbank te doen, met zijn rug naar de winkel en de wereld gekeerd. Niet de gedachte dat hij het de volgende keer misschien anders moest aanpakken leek bij hem op te komen, maar eerder verbolgenheid over de klanten die het niet snapten, die te dom voor hem waren – een en al zelfmedelijden, een en al het gevoel dat hij zo godverdomd veel beter was dan de klanten, op wie hij, voor wie het wilde zien zonneklaar, diep neerkeek.

Wat een sukkel, dacht Jacomine. Hij meende de wetten van vraag en aanbod naar zijn hand te kunnen zetten.

Alsof je een demonstratie tegen de zwaartekracht begint. 'Omdat ik dat wil', was zijn enige verkoopargument als hij iemand een veel te grote rosbief wilde aansmeren.

Nooit eerder had ze hem op deze manier bekeken.

Waar kwam dat vandaan?

Ze besefte opeens dat ze walgde van de gedachte dat hij zou proberen zijn kalfstong in haar mond te proppen, en ook van dat steeds slappere buikvet en die kleine ogen. Ze dacht aan het medelijden dat ze meende te proeven bij de klanten, het schuldgevoel van de huisvrouwen die zich met de blik strak op het asfalt langs de winkel naar de supermarkt spoedden. En ze keek naar haar man die zich druk maakte over zijn vlijmscherp geslepen messen van Solings staal, het aanzetstaal dat evenveel kostte als een half varken, de zaagtafel die hij speciaal uit Amerika had laten komen – daar stond hij, met zijn dikke nek, zijn haar dat boven op de schedel dunner werd. Aan het einde van de dag kwam mevrouw Faber de winkel in en vroeg om drie blinde vinken, en hij wilde per se laten zien over hoeveel warenkennis hij wel niet beschikte en vertelde dat die vernoemd waren naar de zangvogels waarmee wedstrijden werden gehouden en waarbij de ogen werden uitgestoken omdat men aannam dat ze daar beter van gingen zingen, en terwijl zij stond te gruwelen pakte hij de bestelling met zijn in een plastic zakje gestoken hand uit de vitrine en sloeg die aan op de veel te dure kassa, en toen het bedrag verscheen – *f* 7,35 – zei mevrouw Faber: 'Voor drie blinde vinken? Zoveel heb ik helemaal niet bij me,' waarop Rensing zei: 'Dan kunt u het verschil later wel langsbrengen,' zodat mevrouw Faber in allerijl een ander excuus moest bedenken, dat het handiger zou zijn als ze ze dan maar ergens anders ging halen; en toen het door mevrouw Faber heen schoot dat ze zich nu een week of zo niet in de Molenstraat kon laten zien, bedacht ze: wat maakt het uit, het is helemaal niet verkeerd als de slager erachter komt dat zijn vlees te duur is.

En alsof het de gewoonste zaak van de wereld was maakte Rensing het zakje weer open en legde de blinde vinken terug in de vitrine terwijl mevrouw Faber zich in de richting van de deur bewoog en rechts afsloeg naar de supermarkt. En Jacomine zag hoe haar man een prop maakte van het plastic zakje en dat naar de prullenbak gooide, miste, ernaartoe liep, het opraapte en alsnog in de bak liet vallen. Toen pakte hij een rosbief uit de vitrine en begon met de vleeshamer op het vlees te meppen, steeds harder, hij stond te beuken met uitpuilende ogen en zijn toch al dunne lippen naar binnen gezogen.

Ze keek rond alsof ze alles voor het eerst zag: de uitgestorven winkel, de veel te hoge prijzen, de belachelijk goede apparatuur. Het leek hier wel een operatiezaal met al dat chirurgisch staal, het koude licht, de gladde tegels, het goed belichte vlees – alles in dienst van de nepchirurg. En op dat moment drong de waarheid tot haar door. Al die dingen die ze jarenlang in hem gezien dacht te hebben, de hartstocht waarmee hij zijn werk deed, het compromisloze perfectionisme en fanatisme waarmee hij alles opofferde voor dat hogere doel, dat ideaal dat zijn leven beheerste, vielen in dikke plukken van hem af, alsof ze een vacht afschoor en het dier eronder een krachteloos scharminkel bleek te zijn.

En toen barstte ze in lachen uit, al het gelach dat ze jaren had ingehouden kwam eruit, over die verdwaalde os waarmee ze getrouwd was, over die absurde ideeën waarin ze veel te lang was meegegaan, over het winkeltje spelen, het urenlange onbeweeglijke wachten achter de toonbank tot er iemand binnenkwam, de saloondeurtjes waarachter hij dekking zocht als het te moeilijk voor hem werd, de verkeerd gecentreerde bedrijfsnaam op het raam, de lullige tekst op de borst van zijn slagersjas – 'ÉCHT VLEES', de verhalen die hij te pas en te onpas ophing over de herkomst van zijn dieren, over de beweging die ze hadden gekregen, ook als zelfs een kleuter kon zien dat de klant haast had. En toen Rensing vroeg wat er zo grappig was, lachte ze nog harder.

'Jij… jij bent een circusdier! Je kent één trucje en dat laat je steeds opnieuw zien, en je hebt niet eens publiek meer! Je balanceert met een bal op je neus terwijl de circustent allang is leeggelopen! Ze zijn weg, allemaal weg! En je vraagt je niet eens af waar ze gebleven zijn! Wat wil je in godsnaam? Zie je niet wat er ontbreekt in de winkel? Klanten! Mensen die geïnteresseerd zijn in wat jij te bieden hebt. Die zijn er niet. Het kan niemand wat schelen, en jij blijft maar mieren over dat vlees. Wat moet je, de beste slager van de wereld zijn? Ben je soms uitverkoren?' Ze zocht steun bij de vitrine. 'Je jaagt ze volleerd de winkel uit!' hijgde ze. 'Alsof je hoopt dat ze nooit meer terugkomen!' en daar ging ze weer, op haar hakken, met haar knieën bij elkaar om haar evenwicht te bewaren, met haar mantelpak met schoudervullingen, met de grote ronde kralen van de ketting om haar nek. 'Jij… jij…'

Ze haalde diep adem, ze hikte maar ze kwam tot rust, ze wist zichzelf in de hand te krijgen. De lach verdween uit haar stem.

Ze zei: 'Voor jou zijn er maar twee mensen op deze wereld: jij en niet-jij. En omdat niet-jij uit vijf miljard anderen bestaat, begrijp je hem niet. Hij is wispelturig, onbetrouwbaar, zegt iedere dag iets anders. Soms wil hij het beste vlees, dan weer wil hij weinig uitgeven. Soms wil hij dat je altijd geopend bent, dan weer dat je de zondagsrust eerbiedigt. Soms vindt hij rookglas en zwarte tegels het mooist, dan beukenhout en ruwe baksteen. Al die hoofden van al die mensen die hier zes dagen per week de winkel binnenlopen – wat zeg ik, voorbijlopen – zijn voor jou gewoon één persoon, en die persoon wantrouw je. En weet je wat dat betekent? Dat het voor mij onmogelijk is om met jou te leven. Want ook ik krijg van jou de schuld van alles wat je wordt aangedaan, want het enige wat je weet is dat jij het niet gedaan hebt, dus dat het niet aan jou kan liggen. Noem me één karaktertrek van mij. Eén ding dat mij onderscheidt van de rest van de mensheid. Je hebt van die mannen die niet weten wat de oogkleur van hun vrouw is, die niet merken dat ze naar de kapper is geweest, maar jij bent duizend keer erger. Jij weet niet eens dat ik ook iemand ben.'

Ze liep naar de trap. Voordat ze op de eerste trede stapte zei ze: 'Ik ga.'

3

Als je een lijn trekt van slecht naar goed, dan is het in het midden het drukst. Bij de uiteinden is het rustiger, en misschien was Rensing gewoon op zoek naar rust. Een rust die hem niet gegund was, want vanaf beide uiteinden probeerde men je naar het midden te drukken, de menigte in, waar het dringen was tussen de Voordeelmarkt, de Vivo, Idzinga de Vakslager uit Tolbert, en sinds een paar jaar Slagerij Tetouan, waar de klanten goedkoop schapenvlees kochten terwijl ze tot dan toe in hun hele leven alleen nog maar rund en varken hadden gegeten.

Jacomine verhuisde naar de stad, waar ze als officemanager ging werken bij een hoveniersbedrijf. Na een paar jaar trok ze bij haar werkgever in, een man uit Gelderland die een vierkamerflat had in Vinkhuizen.

Rensing gaf zich gewonnen. Wat overbleef was wachten, rijpen, versterven.

Later herkende hij als een van de eersten de afwijking in de runderhersenen die duidde op het syndroom van Creutzfeld-Jakob. Hij overwoog de vakbladen aan te schrijven maar zag ervan af. Hij kocht alle halve runderen op die de groothandel hem kon leveren en hing ze gestempeld en al in de koelcel. Toen in de maanden daarop de grens met het Verenigd Koninkrijk in het slot werd gegooid en zijn collega's vielen als vliegen, kon hij adverteren met bevroren rundvlees, gegarandeerd pre-BSE. De inspectie kwam tot drie keer toe steekproeven nemen, maar ze moesten erkennen dat hij de waarheid sprak. Daarmee haalde hij het *Nieuwsblad van het Noorden*, en diverse buren gooiden het betreffende artikel bij hem door de brievenbus. Hij raapte de knipsels van de deurmat en deed ze in de emmer met vleesafval, maar voor de zaken was het goed.

Ook toen de crisis voorbij was, bleef zijn omzet min of meer op peil; hij prijsde redelijk, adverteerde met kwaliteit, en daar waren de medewerkers van de universiteit en de Gasunie die in steeds groteren getale in het dorp kwamen wonen vatbaar voor.

De jaren vergleden; Rensing ging niet mee. Het asfalt in de Molenstraat, dat in Rensings jeugd de straatstenen had vervangen, maakte weer plaats voor straatstenen; het dorpshart moest charmant worden, pittoresk. Het dorp werd tot groeikern bestempeld en gemeente, provincie en Rijk werkten samen om rondom het dorpshart de ene na de andere woonwijk te laten verrijzen. Er kwamen hele wijken waar Rensing de straatnamen niet kende, waar gezinnen woonden die nauwelijks van zijn bestaan wisten, waar vaders 's ochtends in de auto stapten en de zeventien kilometer over de provinciale weg naar de stad aflegden, en soms de moeders ook. De dorpsschool nam een overblijfjuf aan en besloot dat er een naam moest komen, O.B.S. De Bijenkorf of de Abel Tasmanschool of zo, en er verscheen een prijsvraag over in het huis-aan-huisblad. Daarin las Rensing ook dat er in de gemeenteraad besproken werd of er een verkeerslicht moest komen bij de kruising van de

Hoofdstraat en de Molenstraat en dat de Voordeelmarkt zich had aangesloten bij een nationale keten die zich in de afgelopen twee decennia als een blauwe schimmel over stad en land had verspreid.

Anderhalf jaar geleden kreeg Rensing een uitnodiging voor Jacomines bruiloft, maar die was op een zaterdag, en zoals bekend is de zaterdag in het midden- en kleinbedrijf de drukste dag van de week en dus ging hij niet. Jacomine had nog een paar boodschappen op het antwoordapparaat ingesproken waar hij niet op had gereageerd. Daarna had hij niets meer van haar gehoord. Aan het begin van het nieuwe millennium lag Rensings vitrine vol worstenbroodjes, huzarensalades en lasagne bolognese, kant-en-klaar ingekocht van Vreeling Readymades bv. De klanten werden bediend door Saskia Nieland, de dochter van de wethouder, die een blauw-wit gestreept schort droeg en lachte naar iedere klant. Rensing bleef zoveel mogelijk in de slachtruimte; als er gesneden moest worden, drukte Saskia op een belletje en kwam hij door de klapdeur. Ze was een beetje bang voor hem, net als de klanten, en het was voor iedereen een opluchting als de entrecotejes op de tray lagen en Rensing weer achter de klapdeurtjes verdween.

Niet zo lang geleden maakte hij een deel van de vitrine leeg voor vleesvervangers: quorn, bewerkte soja's, bonen, schimmels met een smaakje die zelfs met de beste wil niet aan vlees doen denken. Bakreepjes, vegaburgers, wokstukjes die door de fabrikant werden aangeprezen als *dé omslag voor uw omzetdaling*. In de bijgeleverde brochure werden suggesties gedaan over hoe je dat nieuwe marktsegment kon combineren met het legacy-assortiment om zo de jonge, hoogopgeleide flexitariërs de winkel in te lokken, en hoe de minimale winstmarge op die producten, die rechtstreeks uit de fabrieken van Unilever en Nestlé kwamen rollen, vanzelf gecompenseerd zou worden door de verhoogde aanloop.

Ondanks zijn instincten die hem uit volle borst probeerden tegen te houden, had hij een starterbox gekocht: een breed assortiment producten inclusief promotiemateriaal. Hij hing de groene slinger voor de winkelruit. Maar algauw kwam hij tot de ontdekking dat er, in elk geval in zijn dorp minder flexitariërs waren dan hem was voorgespiegeld. De beloofde toename van de inloop bleef uit.

Op een dag had hij alles in de container gegooid.

Het vlees bestelde hij per e-mail bij de groothandel. Met halve runderen tegelijk werd het bezorgd, voorzien van alle stempels en papieren; redelijk vlees van gezonde beesten, vaak staldieren, alvast ontdaan van de huid en ingewanden. Af en toe, een keer per jaar misschien, leverden die beunhazen hem per ongeluk een veel te goed rund en dan leefde hij zich uit, begon hij zelfs de haas te pellen, verwijderde eerst de vliezen bovenop, dan die onder de kop en ten slotte het zeentje dat een klein eindje in het vlees zit. Maar meestal duurde het niet lang tot hij bij zinnen kwam en dan haalde hij de haas er alsnog ongepeld uit. Vaak sneed hij het vlees op die dagen uiteindelijk nog slordiger dan anders, zodat zelfs de meest smaakvolle delen nog een randje hadden dat niet zacht zou worden in de pan en de klanten nooit zouden weten hoe het ook had kunnen zijn.

Op de andere dagen ontdeed hij het vlees van het plastic en gaf er een prijs aan.

Elke dag opnieuw.

Ze zeiden dat je dat niet doet, zomaar de straat op lopen zonder te kijken of er iets aankomt. Dat het onderzoek had uitgewezen dat ze niet dronken was, geen slaappillen had ingenomen, dat ze volkomen helder en wakker was en die auto onmogelijk over het hoofd had kunnen zien. Dat er voor haar huis weliswaar berenklauw en hoge brandnetels groeiden die het zicht belemmerden, maar dat geen mens zomaar de weg opliep. Ze kwamen kortom tot de conclusie dat het zelfmoord was.

Maar wie wist iets van Jans? Ze deed zo veel dingen die je niet doet. Wie had ooit meer dan drie woorden met haar gewisseld in die stank van pis en ongewassen lijf? Ze was een overblijfsel uit de tijd van turf en plaggen, van walmende pitten en vochtig hout, van stro op de vloer, dieren die binnenshuis werden gehouden. Rensing had geen idee of het zelfmoord was of niet. Hoe zou dat ook kunnen? Jans en hij waren niet close geweest, hij wist niet eens wanneer ze jarig was. De enige reden waarom hij met haar omging was omdat niemand anders het deed, maar nu ze dood was voelde hij weinig verdriet.

Pas twee dagen na haar dood hoorde hij ervan. Zo vreemd was dat niet, want na het vertrek van Jacomine had hij nagenoeg alle lijnen met het dorp doorgesneden. Uiteindelijk hoorde hij via Saskia Nieland dat Jans op dinsdag tegen vier uur was aangereden door een rode Smart die uit de richting van Oldehove kwam. De bestuurder was met zijn hoofd tegen het stuur geknald en de auto was naast de weg in de sloot beland. Jans' rok was omhooggeslagen en onthulde dunne hoge steunkousen met daarboven reusachtige dijen, gevat in een lange bruine onderbroek.

Er waren geen zichtbare remsporen, dus na een kort onderzoek concludeerden de instanties dat de automobilist de waarheid sprak en dat ze opeens tussen de struiken was opgedoken en op de weg was gaan staan, zodat de automobilist met volle snelheid tegen haar op was geknald.

Niet lang daarna hangt Rensing een briefje op de winkeldeur met de tekst *Tot nader order gesloten*.

Hij heeft het hele pand leeggehaald. De slachtruimte is nu zo goed als kaal en ook de winkelinrichting is weg, deels meegenomen door een opkoper die de inboedel met een blik vol afkeuring inspecteerde en uiteindelijk voor niets anders wilde betalen dan voor de ongebruikte kassa, een van de snijmachines en een groot aantal vleeshaken en worstenrekken – die laatste uitsluitend omdat de aluminium zo hoog stond. Rensing ging akkoord met het eerste bod dat de man deed, en toen die twee minuten later tot zijn schrik ontdekte dat hij zich bleek te hebben vergist en helaas, zeer tot zijn spijt, zijn bod moest halveren, ging Rensing opnieuw akkoord.

De opkoper laadde alles wat hij hebben wilde in een oude bestelbus, bijgestaan door een zoon die uit het niets leek te zijn opgedoken, kwam terug om Rensing twee biljetten van honderd toe te steken, drukte hem de hand en verliet de winkel.

De biljetten zitten nog in Rensings portemonnee.

De klok van de hervormde kerk slaat drie uur; misschien is Rensing de enige in het dorp die nog wakker is. Hij staat met een vuilniszak naast zich in de betegelde smalle gang die de slachtruimte met de winkel verbindt. Het licht komt van een plastic bureaulamp op de plank die dienstdoet als bureautje.

Hier heeft hij jarenlang de boekhouding gedaan. Voor hem zijn vader. Na hem Jacomine. Na Jacomine niemand, en de papieren van de laatste jaren liggen ongesorteerd in een aluminium wegwerpschaal.

Boven het bureautje hangt een boekenplank waarop tussen de *HACCP Hygiënecode voor Slagerij of Poelier* en de *MKB Belastinggids 2008* het *Handboek voor de slager* staat, bevlekt en beduimeld, honderd keer gelezen, zelfs niet vervangen toen er een paar jaar nadat hij het van zijn ouders had gekregen een derde, geheel herziene en vernieuwde druk was verschenen.

Hij strijkt met zijn hand nog één keer over het wijnrode omslag, dan legt hij het behoedzaam in de vuilniszak.

Hij duwt de saloondeurtjes open en loopt de winkel in. Achter zijn rug zwiepen ze na. De etalageruiten zijn zwarte vlakken waarop hij, in spiegelbeeld en niet gecentreerd, de winkelnaam ziet staan: RENSING & ZN. Hij zet de halfvolle vuilniszak op de grond, knielt neer bij de toonbank en trekt de deurtjes open. Alles laat hij in de vuilniszak verdwijnen: een emmer kleurzout, een doos met papieren kroontjes voor op de kippenbouten.

In de volgende doos zitten de vervloekte bestelformulieren. Ze komen uit een andere wereld, uit een tijd van hoogdruk, schreefletters en prijzen die vooraf worden gegaan door een *f*. Op een bepaald moment in je leven versnellen de ontwikkelingen: als je heel even de andere kant op kijkt, blijkt alles onherkenbaar veranderd, en daarna is het al te laat en kun je niets anders meer doen dan met open mond toekijken hoe de tijd voortraast, niemand aan het stuur, geluidloos zoevend in zijn baan.

Hij legt de stapel formulieren bij de rest van het oud papier: de posters, de kassarollen, de rood-wit geruite zakjes met de afbeelding van een lachend varken dat een mes vasthoudt, de hygiënerichtlijnen, de inkoopadministratie, de slachtverzekeringspolissen.

Hij heeft de koelcel gereinigd met schuurmiddel en soda. De roestvrijstalen deur weerkaatst het roze licht van de opkomende zon.

Voor het ontbijt eet hij twee witte boterhammen waar hij paté op smeert die hij oplepelt uit een grote plastic bak, voorzien van een plattelands aandoend etiket van een Belgische leverancier. Hij gaat weer naar beneden. Staand achter de toonbank neemt hij een hap van het brood, bedachtzaam kauwend totdat het klei in zijn mond is, en hij kijkt de winkel rond, op zoek naar de sporen van zijn belachelijke leven. De mislukte plannen, de stompzinnige dromen, de wens om gezien, begrepen, gewaardeerd te worden. Hij denkt aan de vrouw die bij hem wegging. Het kind dat hij nooit heeft gewild. Had een kind hem kunnen redden, had Jacomine hem kunnen redden als ze niet was weggegaan? Echte eenzaamheid komt van binnen en er is niks, niks, niks wat daar iets aan kan doen, een winkel niet, een A-1 Hereford met billen tot aan de knieën niet, een drive-in niet, een vrouw met dikke schoften niet, een kind niet. Je kon blijven proberen, je hele leven lang stug doorgaan om er iets van te maken, maar waarom zou je, want uiteindelijk sta je in het vroege ochtendlicht op fabrieksklei te kauwen in een half leeggehaalde winkel met aan de andere kant van het glas een lege straat, donkerpaarse straatstenen die je gemoed weerspiegelen. Wat heb je dan om op terug te kijken? Schulden, mappen vol formulieren en een hoofd vol bedorven herinneringen.

Hij voelt het zompige brood in zijn mond. Tegen de achtergrond van de zacht zoemende vitrinekoeling hoort hij het smakkende speeksel als hij slikt, en hij bedenkt dat als zijn leven al een achtergrondmuziek heeft, dat het

het gezoem van de koeling is. Hij heeft het iedere dag van zijn leven gehoord, het is een paar keer van frequentie veranderd als er een nieuw koelsysteem geïnstalleerd werd of een nieuwe vitrine werd aangeschaft – en soms, in een supermarkt of een andere verswinkel, brengt de frequentie van het gezoem hem terug naar een andere periode in zijn leven. Dan kan hij zijn ogen dichtdoen en zich weer in de tijd na de dood van zijn vader wanen, die paar gelukkige jaren tussen het moment dat hij was begonnen met het uitvoeren van zijn ideeën en de mislukking daarvan.

Hij kruipt onder het werkblad en trekt de stekker van de vitrine uit het stopcontact.

Een klik, dan stilte.

Na het ontbijt gaat hij op zoek naar een foto van Jacomine. Hij heeft nooit veel foto's gemaakt en zij al helemaal niet. Jarenlang hadden ze niet eens een toestel. Ze leidden een leven waarin weinig te fotograferen viel.

Hij vindt haar oude rijbewijs en vouwt het open. Een onduidelijke foto van een onopvallende vrouw met halflang haar en een breed gezicht.

Misschien is er nooit veel aan haar te zien geweest. Ze was zijn vrouw, toen ging ze weg. Ze was niet mooi en niet lelijk, zoals het overgrote deel van de mensheid.

De vitrines zijn schoon. Het roestvrij staal glimt in het tl-licht. De koelcel is ontsmet, naast de winkeldeur staat een emmer met bloed. Hier en daar staan kartonnen dozen met messen, bijlen, trays, haken, scharen, schrapers, korven, schorten, thermometers, hamers, trekzagen, ribbentrekkers, enzovoort. Ernaast vuilniszakken vol decoratiegras, papieren zakken, saladeschotels, cellofaan, prijskaartjes, reclamedrukwerk en ordners vol facturen. Het lijkt veel, maar één dag is genoeg om alles naar de vuilnisbelt te brengen.

Voor de laatste keer trekt Rensing zijn witte rubberlaarzen aan. Hij pakt de bezem uit de hoek, hij pakt de emmer bloed. Hij stapt naar buiten, trekt de winkeldeur achter zich dicht, draait hem op slot. Hij kijkt naar de sleutel in zijn hand, haalt zijn schouders op en gooit hem in de brievenbus.

Hij zal de emmer neerzetten, de bezem erin dopen en op het wegdek schrijven. Zijn dorpsgenoten zullen verbaasd blijven staan. Er zal een busje langs willen, maar Rensing zal er geen aandacht aan besteden. Hij zal ruimte nodig hebben, de letters zullen zo groot zijn dat er maar een paar naast elkaar passen. De straatstenen zijn regels, de stoeprand is de kantlijn.

Het bakkersmeisje zal de winkel uit komen. De zoon en dochter van de bankdirecteur zullen van hun fiets stappen en blijven kijken. Daar is mevrouw Nieland, daar is de vrouw van Staghouwer, de aannemer. Allemaal zien ze hoe Rensing in zijn witte jas, waar steeds meer bloedvegen op komen, letters tot woorden spiest. Daar is Sijtsema, de drogist, daar is Rozema. Meneer Sijbold met zijn baard en zijn wollen vest. Lydia van de Middenstandsbank in haar rode mantelpak. Ook Jans Boerema ziet hij. Ze glimlacht naar hem, iets wat hij haar nooit eerder heeft zien doen. Meneer Tjalling is er ook, de docent Slacht & Vleesverwerking van de Slagersvakschool die het allemaal in hem zag, die het wist, die zijn hoofd heeft volgepropt met drek zodat hij er zelf ook in ging geloven. En heel kort vangt hij een glimp op van Jacomine.

Ook Tammo zal toekijken, fronsend, voor het eerst zonder die zelfverzekerdheid van hem, en hij zal beseffen dat hij zijn klasgenoot nooit heeft gekend en dat het te laat is om er nog iets aan te veranderen.

Steeds dichter zal de kring zich om hem heen verdringen. Dat is die rare man van de slagerij, zullen de jongeren fluisteren.

Soms zal hij een letter niet duidelijk genoeg vinden, dan zal hij teruglopen en hem nog eens oververven. Bloedrode woorden zullen zich over het wegdek ontrollen.

Hij zal naar de lucht kijken, de weidse lucht waar wolken elkaar tegenkomen en onbeschadigd wegdrijven. De lucht waar de mensheid doorheen wilde vliegen, waarin mensen zijn gestorven om die droom te laten uitkomen. Rensing zal zich voorstellen dat hij zweeft. Hij zal even uitrusten, op zijn bezem leunen en omhoogkijken, zich voorstellen dat hij een wolk is en zomaar rond kan dobberen. Maar de mensen om hem heen zullen lawaai maken, de oudste zoon van Andringa zal roepen dat hij op moet schieten, dat ze allemaal wachten op de grote openbaring, en zijn meisje zal hem lacherig een por geven. Achter de rijen toeschouwers zal getoeter klinken van een auto die van niks weet en erlangs wil, die niet begrijpt dat het dorp op het punt staat voorgoed te veranderen.

Hij, Rensing, zal ze alles vertellen. Hoe nietig ze zijn. Hoeveel groters er is dan zij. Hoe zeker het is dat ze het onderspit zullen delven in een strijd die niemand kan winnen. De dodo is uitgestorven. De plofkip is de meest succesvolle vogelsoort uit de evolutie. De rat houdt zich schuil en jat restjes bij elkaar. De worm is ondergronds gegaan en leeft van lijken.

Hij zal ze vertellen hoe de straten van het dorp grijs zullen worden, hoe de Hoofdstraat met de klassieke winkelpanden dood zal bloeden vanwege de nieuwe randweg, hoe de kastanjes plaats zullen maken voor stoplichten, want zo gaat dat. Al eeuwenlang. En daarvoor zal hij woorden zoeken.

Als hij de bezem loslaat, zal alles wat hij de wereld duidelijk heeft willen maken op het wegdek staan:

HET WAS MIJN VLEES

Dan zal hij weglopen.

De zee van toeschouwers zal voor hem splijten.

Maar hij doet het niet.

Hij gaat het anders doen.

Hij loopt naar de rand van het voetgangersgebied, naar

de parkeerplaats bij de supermarkt, en stapt in de oude bestelbus. Hij rijdt de Hoofdstraat uit, slaat rechtsaf de Tromplaan in, over het spoor, langs het nieuwe verkeerslicht. Aan het einde van de nieuwbouwwijk draait hij de N353 op, richting Oldehove.

Als hij dichter bij zijn bestemming komt zou een hond misschien aanslaan op de stank, maar een mens, zelfs Rensing, merkt er niets van. Pas als je na de grote bocht opeens de betonnen kubus van het slachthuis ziet opdoemen, word je je ervan bewust dat je al een hele tijd iets ruikt.

Iedere dag rijden hier stinkende veewagens naartoe, vol voorversufte runderen die een paar uur later gevild, gevierendeeld en handzaam geportioneerd in koelwagens vertrekken.

Rensing loopt achterom en gaat naar binnen. Het lawaai is oorverdovend. Hij weet de weg. Hij opent een deur, negeert een waarschuwingsbord. Hij staat in een ruimte waar door zwartrubberen flappen haken binnenkomen aan een rail in het plafond; aan sommige hangen hersendode runderen aan een achterpoot die verdwijnen in een volautomatische zaaginstallatie die ze van snuit tot staart doormidden klieft. De helften vervolgen hun weg naar de volgende ruimte voor verdere verwerking.

Rensing blijft staan en trekt zijn kleren uit. De witte rubberlaarzen. De slagersjas met rood-witte bies. De broek met de bretels. Het geruite overhemd, de singlet. Hij vouwt zijn kleren netjes op, legt ze op een stapeltje. Zijn onderbroek bovenop. Hij ziet er belachelijk uit met zijn dikke witte pens, het worstje dat tussen zijn benen bungelt.

Hij wacht tot er een lege haak voorbijkomt, dan stapt

hij over de zwart-geel geblokte veiligheidsbelijning.

Ze zullen het niet proeven, denkt hij.

Het is wat het is.

De punt van de haak boort zich door zijn grauwe rug, tussen de tweede en derde rib, perforeert zijn brede borstkas en zijn long en komt aan de voorkant weer tevoorschijn. Met een ruk wordt hij van de grond getild. Zijn ogen puilen uit, zijn tong priemt uit zijn mond. Er ligt verbijstering op zijn gezicht, alsof hij nooit had vermoed dat iets zo veel pijn kon doen. Dan verdwijnt hij in de zaagmachine; en zijn bloed, steeds meer verdund door het spoelwater, stroomt over de tegels en verdwijnt in het putje zonder een spoor achter te laten.

Dankwoord & verantwoording

Veel dank aan mijn vader en moeder voor de liefde voor taal die ze me hebben meegegeven; aan Willemijn voor de geweldige redactie; aan Kirsten en Niels voor de mooiste schrijfplek van de wereld; aan Elco en collega's voor het geduld en het vertrouwen; aan Gijsje en trawanten voor de lessen; aan de schrijfmatties voor o.a. de gezelligheid; aan Gijs voor de geweldige tips; aan Barbara, Bruno en Ivo voor de rest.

Een paar keer heb ik een beeldspraak of zinsflard overgenomen: onder andere van Jan Arends, Gerard Reve en Patrick Süskind (in de vertaling van Ronald Jonkers).